『おくのほそ道』の物語を読む

"Okuno hosomichi" no monogatari wo yomu

酒井みき
SAKAI Miki

文芸社

はじめに　――物語として読むこと

『おくのほそ道』はその昔から「紀行文」という枠で読まれてきた。

もし生きて帰らばと、定めなき頼みの末をかけて、その日ようよう草加という宿《しゅく》にたどり着き……

というような心細さはいかにも「紀行文」の語り口だし、勿論、今後も「紀行文」として読まれ続けてなんの不都合もないのだけれど、ここでは「物語」として読むことにします、とわざわざ謳っている都合上、この「紀行文として読むこと」と「物語として読むこと」とはどういう関係になるのかを大雑把に整理してみることから始めよう。

『おくのほそ道』の旅に同行した芭蕉の弟子の曾良という人が詳しい旅日記を残していて、こちらは文学作品ではないので資料的価値が高い。その曾良の『随行日記』と芭蕉の「紀行文」に食い違いがいくつもあって、微妙な不協和音を響かせていたのだけれども、いや、これは単なる記憶違いだろうとか、作品構成上この方がすっきりしているとか、文学的な効果を考慮してそうしたのだとか、まあ要するに聞こえない振りをすることでその不協和音をやり過ごしてきた。専門家はそれでいいのかもしれないが、一般読者にはどうしても違和感が残る。その「文学的な効果」の中身があまり説明されていないのでなおさらだった。

幸いなことに、専門家の中にも違和感を覚える人はいて、芭蕉の「紀行文」が語る旅と実際の旅とのズレについて、櫻井武次郎氏は『芭蕉自筆 奥の細道』の「解説」で次のように書いた。

冗長になるところを簡潔にしたり、変化を持たせたり、旅中の心理を鮮明にさせるために実際とは異なるように虚構を加えたのだと理解されてきたが、私は、登場人物の行動が古典文学に基づくもので、いわば芭蕉を思わせる人物が古典旅行をなしている体で創作され、古典に擬して書かれたものだと考えている。

旅自体は十七世紀末の「現代」の旅だけれども、その「現代」の旅を素材に用い、古典文学をモデルとして創作されたのが『おくのほそ道』だ。実際の旅と異なる細かな虚構をちょこちょこと加えたのではなく、作品全体が虚構の創作物であり、芭蕉とか曾良はその虚構の世界の登場人物なのであって、現実の芭蕉でも曾良でもない……だいたいこんなふうに理解すればいいだろうか。

このような物語構造が隠されているとすれば、『おくのほそ道』は、少なくともそのプラットフォームにおいて今日私たちがイメージする小説というものにかなり近くなる。

例えば、マルセル・プルーストの『失われた時を求めて』という小説の主人公「私」は、十九世紀末から二十世紀初めにかけてのパリの上流社会の物語をヴィスコンティ風に（と言ってよければ）語るのだが、この「私」は作家自身とは異なる虚構の人物であり、物語は歴史的な事実を素材にしてはいるものの、現実とはあちらこちらでズレを生み出している。試みにリアルと物語を並べて比較してみれば、プルースト的時空間は目眩がするほど歪んでいることが分かる。フランス語の統辞法的に主語は必ず置かれなければいけないので、「私」はこの長編物語を通して数え切れないほど出てくるが、名前は付けられていない。誰かが主人公の名前を呼ぶ必要に迫られた時には、主人公の名前が仮に作者と同じだったらここで「ねえ、マルセル……」と呼ばれるのだが、と書かれている。「私」の名前は勿論マルセルではない。

『おくのほそ道』の場合、日本語なので、「いかなる仏の濁世塵土に示現して、かかる桑門の乞食巡礼ごときの人をたすけ給ふにや」という具合に平気で人称代名詞を省略する。この「かかる桑門の乞食巡礼ごときの人」は、現代語なら「うちらみたいな乞食坊主の巡礼」のように一人称表現を入れた方が分かりやすい。主人公（と言うか語り手）が自らを代名詞で指示するのは、冒頭に「予もいづれの年よりか片雲の風に……」と言うのがあるが、作品全体では片手に収まるほどの数しかない。名前を名乗ることは一度もなく、誰かが主人公を名前で呼ぶこともない。ただ虚構の物語と現実の境界がよく見えないために、この無名の「私」は作者芭蕉と同じ名前で呼ばれるだけである。

江戸時代の紀行文研究者である板坂耀子氏は『江戸の紀行文　泰平の世の旅人たち』で、そもそも「紀行や日記は、小説や和歌以上に虚構の世界を意図的に作り上げる文学である」と言う。それが江戸期における旅行の大衆化と言うべきか、観光化と言うべきか、とにかくそういうものを反映して質的に変化する。江戸時代の紀行文には「自己の内面も外部の風景も、常套句や共通の常識、既成の様式によりかからず、具体的で的確な語句を用いて確実に伝えようとする工夫」が生まれる。現代の旅行ガイド本と同じように、豊富かつ正確な情報が、紀行文に求められる重要な要素になったわけである。そうした文脈の中で見れば、「芭蕉の『おくのほそ道』は名作だが、江戸時代の紀行としては異色作である」。江戸期の紀行文の「代表作」どころではない。

櫻井武次郎氏は「芭蕉を思わせる人物が古典旅行をなしている体で創作され」たと書いたが、板坂氏も次のように言う。

芭蕉の紀行は江戸時代の旅の現実を描きながらも、そこに流れる精神は中世以前の紀行に近い。それは偶然ではなく、芭蕉自身によって、意図的に選びとられた姿勢である。

『おくのほそ道』の主人公が乞食坊主姿で巡礼を続けるとき、彼が自己のモデルとして思い描いているのは明らかに中世の旅人である。それは西行のような高野聖であったり、一遍のような遊行上人であったり、能舞台のワキをつとめる諸国行脚の僧であったり、あるいは名もなき山伏や修行者たちだ。板坂氏は、現実のうちに騎士物語の旅を辿ろうとするドン・キホーテに譬えながら、芭蕉の旅とは「物語の枠にこだわって現実を生きる作業」だったのだと言う。「芭蕉は近世の旅という題材を使って、あこがれの中世の紀行作家たちと限りなく近い旅の世界を作り上げた」のだと。

いま紀行文と言うと、ノンフィクションの旅エッセーで文学作品的要素もあり旅行ガイド本という側面も持つ……まあ、だいたいそういうイメージ。そしてそういうイメージは明治時代になってから出来上がったのではなく、そのずっと前、江戸時代に形成され、すでに多くのすぐれた作品が生み出されていた。ところが、いわゆる「専門家」と言われる人たちの目が節穴なので、そこがすっぽりと文学史から抜け落ちていた。同時に、芭蕉の『おくのほそ道』は江戸時代の紀行文の規範から完全に逸脱している、という事実も見落とされていた。そこをもう一度リセットする必要がある。『おくのほそ道』は中世の紀行文学をモデルに作り上げられた虚構の物語世界なのだ……乱暴に簡略化すると、板坂氏はおおよそこんなことを言っている。

板坂氏は江戸の紀行文を正当に評価し直すためにリセットするのだけれども、私の興味は勿論『おくのほそ道』の方にある。リセットした向こう側に、あのワクワクする物語の世界が広がっている。

目次

1 道祖神の招き

奥羽行脚の旅立ちについて芭蕉（虚構の登場人物で同時に虚構の語り手）はいくつか動機を挙げている。「白河の関」を越えてみたくて、「松島の月」を見てみたくて、「そぞろ神」に憑かれて、「道祖神の招き」にあって……そぞろ神というのはもののけ・妖怪の類か、神様なのかもしれないが、「そぞろ神信仰」といったものはあまり聞かない。それに対して道祖神は立派な神様で「道祖神信仰」が存在する。

道祖神は昔は道のあちこちに立っていたらしい（五来重『石の宗教』）。男性性器の形をした石像であることが多い。女性性器の形のものもある。形が形なので、明治期に「淫祠《いんし》邪教」の扱いになってその多くが撤去の憂き目にあった。それでも民衆信仰の対象だったから戦後くらいまではそれなりに道端に見られたようだが、民衆のメンタリティも変化し、信仰心よりも羞恥心が勝ったのか遂に公共の場から追放された。けれども、芭蕉の時代には、道を歩けば道祖神に当たるくらいそこら中にあったはずである。『おくのほそ道』の注釈や解説には、道祖神を道の神様とか旅の神様とか紹介していて、「道祖神の招き」と言うときには芭蕉も幾分かは旅の神様的側面を思っているのかもしれないが、道祖神が男根の形だということを芭蕉が知らないはずもない。

五来重の『石の宗教』によれば、道祖神の形はセックスのシンボルではなく祖先のシンボルなのであって、もともとは先祖を神として祀ったものだった。道祖神信仰の多くは「男女和合」「子孫繁昌」「家内富貴」「五穀豊穣」を願うもので、「旅の守護神というのはむしろ少ない」らしい。道祖神には一般的に日本の神様が持つ「二面性」があって、これをきちんと祀る者を守り、敬意を払わぬ者にはたたり神となる。家の入口に立てれば家の周りに結界を作り、村の入口に立てれば村の周りに結界を作り、悪霊や疫病から守ってくれる。こうして辻々に道祖神が立てられることになる。

道祖神のたたりで命を落とした歴史上の人物と言えば、藤中将《とうの》実方《さねかた》。藤原実方は十世紀（平安中期）の歌人。百人一首にも歌が入っている。ある時、歌のことで藤原行成という人と口論になって暴力沙汰を起こし、一条天皇に、お前ちょっと歌枕でも見て頭を冷やしてこいと、陸奥守に左遷されてしまった。陸奥守になった実方が歌枕の阿古耶の松を見に行く途中、笠島道祖神の前を通り掛かった。ここを通るときは道祖神に敬意を表して馬を降りなければいけないのを、なんでこんな「淫祠邪教」に……いや、「淫祠邪教」呼ばわりは明治政府だけれども、とにかく神様をバカにして馬を降りなかったから、神の怒りをかって落馬して死んだ。

笠島道祖神は芭蕉も行く予定だった。正確には、実方の墓に行く予定だった。墓は神社のすぐ傍にある。道に迷って土地の人に聞くと、ここを右に行くと笠島で、そこに塚がある、道祖神の社と形見の薄が残っている、と親切に教えてくれたが、まだちょっと遠いみたいだし、雨は降るし道は泥濘《ぬか》るし……で、諦めて左の道を行くことにした。形見の薄というのは、かつて憧れの西行もこの実方の墓に立ち寄り、今はこの枯野の薄ばかりがあの実方の形見のよう……と詠んだ、その形見の薄。能に出てくる諸国行脚の僧ならば、そんな簡単には諦めず、迷いながらも近くまで行くと、実方の亡霊が出てきていろんな話が聞

けるのだけれども、そもそも薄の季節でもないし、五月の雨がざあざあ降っている。それでその時駄洒落まじりに詠んだ、

笠島はいづこ五月《さつき》のぬかり道

の笠島が道祖神のある笠島である。駄洒落まじりと言うのは、雨が降るから笠……島はいずこ……と、これは芭蕉自身がそのつもりで詠んでいる。

そんなわけで、道祖神が単なる旅のお守り的神様ではなく、たたり神になるような恐ろしい神様だということは芭蕉も知っていたはずだ。道祖神の招きを断ればどんなたたりがあることやら。

笠島は現宮城県名取市にある。道祖神社は明治政府によって、やはり「淫祠邪教」のせいか、佐倍乃《さえの》神社と名を変えられた。名ばかりではなく中身も相当変わったらしく、現在の佐倍乃神社からは男根系のイメージはきれいに消し去られている。佐倍乃神社には括弧つきで道祖神社という名前も併記されているようだが、西行が実方の塚の前で詠んだ「朽ちもせぬその名ばかりを留めおきて……」に倣って、その名ばかりが残っているというこ

とか。性器崇拝と思い込んだ明治政府の宗教政策によって道祖神が検閲の対象になってしまったことが、「道祖神とは道の神様」という現在の『おくのほそ道』のあまりにも「簡略」な注釈を生む遠い原因だったのか……どうかは分からない。

道祖神社の実態がもはや存在していないとしても、それ自体は『おくのほそ道』の物語とは直接関係のないことだが、道祖神社をめぐるもう一つの「不在」の方は物語上かなり面白い。佐倍乃神社、別名道祖神社が「芭蕉と巡る奥の細道」的ツーリズムの立ち寄りスポットになっているのは、芭蕉が訪れたからではなく、ここを素通りしてしまったという奇妙なパラドックスのおかげである。笠島には現在芭蕉の句碑などが建てられているが、そこに刻まれている句は「笠島がどこにあるのか分からない」というものだ。芭蕉の目当ては実方の墓だったが、墓を訪れれば道祖神の社も形見の薄も「今にあり」なのだから当然訪れたはずで、どこにあるか分からない笠島とは、この場合、実方の塚であり道祖神の社であり形見の薄である。つまり、塚も社も薄も物語には登場しない。あるいはむしろ、どこにあるか分からないものとして登場する。

実方との関連で、「どこにあるか分からないもの」が『おくのほそ道』にはもう一つある。「かつみ」である。浅香山のくだり――端午の節句が近いから「かつみ」という草を刈る頃だと思うが、その「かつみ」というのはどの草だろう、と人々に尋ね回ったけれども誰一人知る者がなくて結局分からなかった。この話は、左遷されて陸奥にやって来た藤原実方が、端午の節句にあやめがなくてどうする、この辺のあさかの沼という所に「かつみ」が生えてるそうじゃないか、あやめがないのなら代わりにそれを軒に葺け、と言った……というのがベースになっている。

話の作りは道祖神社のエピソードとある意味似ていて、都会からやってきたエリート官僚が自己の価値観を絶対視し、一方は土地に根付いた信仰を軽視して命を落とすのだし、もう一方は中央の「洗練」された風習を権力的に地方文化に捻じ込もうとするも、結局は民衆のうちに定着することなく跡形もなく消え去ったというもの。二つの「不在」によって語られるのは平安貴族のナルシズムと言うかスノビズムと言うか、そういうものの空虚さであり、一時《いっとき》は権力に支えられて輝くように見えて、しかしあっという間に朽ちてしまう。

芭蕉は都市の俳諧グループのトップランナーであり、奥州から日本海へ土地土地を巡りながら各地で俳諧の興行を催し、最先端の俳諧を都市から地方へ、中心から周辺へ、まあ要するに上から下へ伝達と言うか伝授していく。けれど一方で、『おくのほそ道』の旅は、遠い昔に伝えられた芸能が土地に深く根付き美しく息づいているのを見出す、言わば「地方発見の旅」というもう一つの方向性を明確に持っている（これについては後にもう少し詳しく見る）。そういう地方への思い、民衆へのリスペクトがこの「乞食巡礼」の心を熱くする以上、実方のような中央集権主義的文化スノビズムの居場所はこの旅物語の中にはない、あるいは「不在」という場所しかない、と言えるのかもしれない。

白河の関を越えてみたい、松島の月を見てみたい、と言うわれらが主人公もまた文化的スノビズムに囚われているのに違いはないのだけれど、白河の関でも松島の夜にも彼は予定した感動も感慨も句に詠むことができず、俳諧師として取るべき方向の根本的見直しを迫られることになる（これについても後に詳しく見る）。旅立ちに際してそのことを予感していたのかどうか、ともかくも彼は、民衆信仰の対象である「卑しき神」の招きに応え、乞食巡礼の姿となって、道の辺に佇む道祖神を一つひとつ辿って行こうと決めている。

2

聖《ひじり》・勧進・修験

芭蕉は自分自身のことを「かかる桑門の乞食巡礼ごときの人」と書いているから（日光）、僧の形なのだということは分かる。曾良については、この少し後、黒髪山のところで、髪を剃って墨染の衣を着て……とあるから、頭を一休さんのように丸坊主にしたと想像できるが、芭蕉自身はどうなのだろう。

『野ざらし紀行』では、伊勢神宮で僧侶の仲間と思われて神前に入れてもらえなかったとあり、その時の描写が「僧に似て塵あり、俗に似て髪なし」で、ああ髪がないのかと思うと、「髪なし」は注釈によると髻に結ってないことらしい。髻に結ってなければ僧形とみなされるのか。『西行物語絵巻』などを見ると、西行は坊主頭にしているけれども、修験者と言うのか山伏と言うのか、そういう人たちはちょっと長めのボブ（髻なし）のヘアスタイルだし、能の『自然居士』でも主人公の若いお坊さんは長髪なので、そういうものなのかもしれない。『おくのほそ道』の中では、市振で出会った遊女にお坊さんと間違われているし、福井の等栽の家で妻らしき女性からやはりお坊さんと思われているから、他人が見ても坊さんに見えるという設定ではあるようだ。主人公芭蕉の年齢的なものもあるから髪があってもボブよりはずっと短いのか、あるいはむしろ、剃髪した曾良とのバランス的には芭蕉も坊主頭だとイメージした方が落ち着きはいい。

荷物は、紙子（寝具らしい）一枚に浴衣や雨具その他、これに餞別でもらったいろんなものが加わって結構重くなり肩にきついとあるから（草加の宿）、笈のようなものを担いでいるのだろう。杖を突いているという記述もあり（雲巌寺）、巡礼の笠を被っているようなことも書かれている（病気の曾良と別れる場面、また兵どもの夢の跡でも）。

主人公のこうした外見上の自己表現は、やはり西行のような高野聖をモデルにしているのだろう。

高野聖は、例えば山頭火のような放浪するホームレス詩人というのとは少し違う。泉鏡花の高野聖とはぜんぜん違う。西行の場合は、勧進という重要な仕事があった。

勧進の歴史上で有名な人と言えば重源で、奈良の東大寺再建の際（十二世紀終わり頃）の立役者。重源は、資金調達だけではなくて、資材や人材の調達を含めロジスティクス全般を請け負う、そういう高いスキルを持っていた。大仏殿を建てるのに大木が必要とあれば、木を探して中国地方まで行き、大木の伐採ができる人材をリクルートし、切った木を海まで、そして最終的に奈良まで運ぶ実現可能なルートを確保する。『笈の小文』に、重源の像が崩れもせず昔のままの姿で残っているのを前に感動して涙を流すという場面があるが（伊賀）、重源もまた芭蕉の自己モデルの一人だったかもしれない。西行もいろいろな勧進に携わっているが、東大寺再建の時も、重源の依頼で勧進の旅に出かけている。平泉に行ったのも資金調達のためだったらしい（『高野聖』）。

勧進は別に中世に限ったことではなく、芭蕉の時代にも大仏再建の事業があり（十六世紀に大仏殿と大仏の頭が焼失した）、公慶上人という人が江戸にも勧進に来ている。とりあえず大仏の頭ができたのが元禄三年。芭蕉が奥羽行脚に旅立ったのは元禄二年（一六八九）のことである。元禄二年は伊勢の遷宮の年でもあり、『おくのほそ道』の物語は主人公がその伊勢に旅立つところで終わるのだが、遷宮には勿論大きな勧進事業が不可欠で、こちらは勧進比丘尼とか勧進巫女とかが活躍するのだろう。いずれにせよ勧進は中世の物語の中だけのことではない。

勧進は主人公芭蕉の仕事ではないので……いや、行く先々で俳諧の興行を催して地元の有力者から金品を受け取る……のか受け取らないのか、見た目は確かに勧進によく似ているけれども、それで大仏再建に貢献するとかではないので、彼はそこに「かかる桑門の乞食巡礼」というふうに巡礼という要素を付け加えている。巡礼と言えば、四国八十八か所を巡る遍路などが思い浮かぶが、勿論これは宗教的行為である。芭蕉の場合は、なにを巡る巡礼なのだろうか。

『おくのほそ道』の旅は歌枕の旅……という話はよく耳にするが、高野聖・遊行聖を旅のモデルとし、西行にオマージュを捧げ続け、「捨身無常の観念、道路に死なん」とまで覚悟を決めて旅を続けるわれらが主人公が、実は歌枕を巡る風雅の旅を続けている、というのにはどうしても違和感を覚える。バランス的に腑に落ちない。

「捨身無常の……」は飯塚のくだりに出てくるもので、借りた宿が「あやしき貧家」で土間に筵を敷いて寝た。蚊に刺され蚤に喰われ、雨はひどく降るし雷は鳴るで、よく眠れない。しかも持病が出て……芭蕉は西行と違い「北面の武士」の出身ではない。「北面の武士」といえば今で言う要人警護のエスピーだから、アスリート並みの鍛えた身体である。肩が痛い膝が痛むと始終文句を言っているのとは出来が違う。こんな軟弱な身体で旅をする以上、これはもう「捨身無常の観念、道路に死なん」と覚悟を決める外はない。

旅に生きているのだから旅に死ぬのはあたりまえ。どこであろうと身を捨てる覚悟はできている――こうした「捨身無常の観念」は、遊行聖一遍の歌「旅衣　木の根かやの根いづくにか　身の捨てられぬ　ところあるべき」のうちに表現される「行倒れの哲学」(『異端の放浪者たち』)に繫がるものだ。一遍一人の思想というよりも、遊行者・巡礼者など放浪する者たちが伝統として受け継いできた放浪の哲学である。捨身・苦行のベースとなっているのは深い「罪業観」であり、遊行者・巡礼者は「滅罪」のために「放浪」を続ける。

芭蕉の「巡礼」にもやはり宗教性を認めるべきなのだろうか。敬愛する過去の「放浪者」の足跡を辿るという行為にもそれなりの宗教性はあるはずである。あるいはそれは、「巡礼」をテーマに企画された宗教性の極めて薄い「巡礼体験型ツーリズム」のようなものに過ぎないのか……

『おくのほそ道』には勿論多くの宗教的素材が織り込まれている。俳句のように季節的要素を提供する素材として詠み込まれている場合もあるだろうし、場合によっては、連句的意味合いで「形式」的に導入されていると見ることも可能なのかもしれない。けれども、宗教的題材が反復とバリエーションを伴うモチーフとして展開されているケースもあって、私たちはその展開の流れを物語的に辿って行くこともできる。

芭蕉が僧形であると読者が知らされるのは日光山の麓に泊まるところ、翌日に「御山」にお詣りをした。日光山の中心的存在である男体山は中世には黒髪山と呼ばれていて、その黒髪山を詠んだ曾良の句

剃り捨てて黒髪山に衣更《ころもがえ》

から曾良の剃髪と墨染の衣のことが語られる。この日光山というのは日光修験の本拠地。中世期には日光修験は大きな勢力を誇っていた。もともとは観音様の住む山である「補陀《ふだ》

落山《らくさん》」に「二荒山《ふたらさん》」の字を当てて、これが音読みで「ニコウ（二荒）」から「日光山」になった。芭蕉の物語では、この山を開いたのは空海で、その時「二荒」から「日光」に改められた。実際の開基は勝道上人という人らしいけれども、この物語では空海。

あらたふと青葉若葉の日の光

注釈によっては、芭蕉が東照宮を見て「あら尊いこと……」と感激しているようなことを書いているけれども、さすがにそれはどうなのか。東照宮はピカピカと眩しく輝いていたに違いないが、それで芭蕉が「ああ、家康万歳、徳川の世万歳」と言っているとすれば違和感以外のなにものでもない。東照宮は確かに家康を神として祀っているが、家康のステータスは権現。本地垂迹の生きている時代なので、権現は本地である仏さま、この場合、薬師如来がこの世に姿を現した仮の姿。この権現・仏の構造は、日光山の麓、仏五左衛門の「いかなる仏の濁世塵土に示現して」でちゃんと触れられていた……というわけで、家康を悪く言うことは勿論ご法度でそれなりに敬意を払わないといけないけれども、ここで芭蕉の感涙を誘うのはやはり日光修験の厳しい修行の山としての日光山であり、その山を開いた空海という存在だろう。

修験のモチーフはこのすぐ先、曾良の「墨染に衣更え」の句の後、山を二キロほど登ると「裏見の滝」がある、そこで芭蕉が詠んだ、

しばらくは滝にこもるや夏《げ》の初め

という句で繰り返される。崖の上から川が三〇メートルほども滝となって流れ落ちる、その滝の裏に回ると洞窟になっていて、しばらくの間、滝ごもり、岩屋ごもり、夏ごもりをする。日光修験に限らず修験には夏の時期に「夏の峰入り」という重要な行事がある。山に籠り、断食をし、崖を登り、岩を回り……と大変な修行になる。芭蕉は実際にはそういう苦行はしないけれども、詩の世界と言うか言葉の世界と言うか、なにかそういうバーチャルな世界の中で自分たちを修験者の姿に重ねてみる。「夏の峰入り」は「夏行《げぎょう》」などとも呼ばれるので、「夏の初め」というのはそういう修験の夏の行《ぎょう》の始まりを思っているのだろう。「滝にこもる」は、苦行者たちの滝行のようなものもイメージしているかもしれない。

日光山では、このように遊行者・巡礼者のモチーフと修験者のモチーフが同時に導入さ

れ展開されるわけだけれども、物語的には、これらは別々のモチーフというよりは一つのモチーフの二つのバリエーションと考えられる。日光のくだりから少し先、黒羽の知人のもとで旅の疲れを休め、ある日郊外を逍遥するという場面がある。途中光明寺という修験の寺に立ち寄り、役行者を祀った行者堂で、

夏山に足駄《あしだ》を拝む首途《かどで》かな

という句を詠む。空海に続いて役行者が取り上げられ、修験界の東西横綱がそろった感じで、「夏山」は「夏の峰入り」を思い出させる。「首途」は勿論芭蕉たちの門出。これから本格的な奥羽行脚が始まる、どうか最後まで歩けますようにと、役行者が履いていた（という）一本歯の高下駄にお願いする。芭蕉は断食もしない、岩屋ごもりもしない、滝に打たれることもない。けれども歩くのであり、巡るのである。そして修験もまた歩き巡る者たちだ。

中世の軍記もので、例えば『義経記』などでは、源義経の一行が山伏姿に身を隠し、京都から日本海を回り奥州平泉まで旅をする様子が語られる。『おくのほそ道』とは丁度反

対回りに旅をするわけだが、「どこの山伏か」と聞かれたら、「羽黒山伏が熊野に参り、帰るところだ」とか「熊野山伏が羽黒に参るところだ」とか、その時々で答えればよい、という作戦を立てる。つまり修験もまた諸国を回って修行する人たちなのである。弁慶は途中、敵方大名の富樫介《とがしのすけ》をスパイすると言ってその屋敷に押し掛け、どこの山伏かと富樫に聞かれて、今度は「東大寺勧進の山伏にて候ふ」と答える。口八丁手八丁でそこにいた百五十人もの人から金品を巻き上げる。これが能の『安宅』になると東大寺再建の勧進のためという設定に、弁慶が例の偽の勧進帳を読む場面が追加されてスリリングな展開になる。重源の名前も出てくる。要するに、山伏は勧進聖として勧進のために諸国を回ることもするのである。

『古今著聞集』によると、西行も峰入りを行っている。こちらは熊野修験の峰入りで、熊野から大峰の山々を巡って吉野に抜ける。重い荷物を背負い、飢えに耐え、途中岩屋ごもりもしながら、一五〇キロを百日間で歩くという厳しい修行。西行はお坊さんで山伏ではないけれども、宗南坊という人が「何か苦しからん」というので参加した。ところがこれが思った以上に大変で、さすがの西行も途中で音を上げそうになったのを、先達の宗南坊に諭されて最後まで耐えたという。『西行物語絵巻』には、「俺はもうこの岩屋で死んでしまいたい」と思ったけど先達が許さなかったとある。西行はこれで懲りたのかと思うと、後にまたもう一度、今度は吉野から熊野へ抜ける峰入りもしている……というわけで、聖と修験の境界というのは、少なくとも文芸レベルでは、それほど厳密なものではなさそうだ。ちなみに「捨身」思想は遊行者にも修験者にも共通する哲学であり、また、神仏習合の宗教体系の中では、聖と修験は勿論ともに神も仏も信仰している。

西行に倣って自分も……と望むのは当然と言えるかもしれない。芭蕉の場合は、出羽三山という、羽黒修験の本拠地。初心者向け体験コースのような「峰入り」だけれども、それでも芭蕉にとっては大変な「修行」であり、彼の遊行・巡礼の文字通り「山場」であることは間違いない。役行者の一本歯の高下駄を拝んだ芭蕉たちの「首途」はこの「山場」を目指していた。『おくのほそ道』の旅は、東北から日本海へ抜ける、いわゆる水平方向の「歩き」と、山を登り崖を登るという垂直方向の「歩き」の二つの方向性を持っていると言えるが、その縦の「歩き」は湯殿山（出羽三山の三つ目）で一旦物語前半部のエンディングを迎え、その後の芭蕉の旅は「山から下りた者」の旅である。

3 石の信仰

道祖神の特殊な形状についてはすでに見たが、出羽三山にもやはり男性性器・女性性器の石、というよりも岩、まあ、巨岩と呼ぶべきものだろうけれども、そういう大きな石が祀られている。湯殿山の御神体もそういうもので、修行する者は山で見聞きしたものを他言してはいけない決まりなので、

語られぬ湯殿に濡らす袂かな

と芭蕉が詠んだのも、その御神体のことである。「湯殿に濡らす」がちょっと洒落のようになっているけども、袂を濡らすのは涙に決まっているので、芭蕉はやはり宗教的レベルで感動しているのだと思われる。日光山の麓から羽黒山へという垂直方向への旅が、道祖

神から湯殿山へという「石の信仰」の旅と重なってくる。

「修験道の行場は『石の行場』といってよいほど、石をめぐる」と五来重は『石の宗教』に書いている。修験道のような山岳宗教はもともと自然宗教なので、自然石を信仰の対象にするのは不思議なことではない。石の信仰はいわゆるアニミズムの一形態であり、「石には神や仏や霊の魂がこもっている」と考える。観音岩とか不動岩とか呼ばれるものは、自然石をそのまま神や仏として崇拝するもので、いまも日本の各地に存在している。

石の信仰はなにも修験に限ったものではなく、放浪する宗教者は多く岩屋ごもりをして修行する。道祖神は石の棒に彫刻を施したものだから自然石ではないが、そのベースにはやはり石の信仰があると考えられる。殺生石のようなネガティブな性格の岩も、石に神や霊が宿るとする信仰が生み出したものだ。道祖神もときにたたり神となる。

役行者の高下駄を拝んだ次は、雲巌寺に仏頂和尚の山居跡を訪ねる場面が語られる。仏頂は、

乞食頭陀《こつじきずだ》つかまつり一筋に修行、もっとも又成就の後は、応分、人の為にもまかり成り候

と考えて仏門に入った（『芭蕉　二つの顔』）というくらいだから、出家していない在俗の聖、いわゆる優婆塞《うばそく》として修行に明け暮れていた人らしい。仏門に入った後も、一つの寺にじっとしている人ではなかったようで、「山になりとも里になりとも、心次第につかまつるべし」という彼の思想は、一遍の「いづくにか　身の捨てられぬ　ところあるべき」に繋がるものだろう。

山奥の雲巌寺のさらに奥の山を「よぢのぼ」ると、「石上の小庵」が「岩窟に結び掛け」てある、それが仏頂の山居跡である。小さな岩屋で雨が防げず、仕方なくその前に五尺、というから一五〇センチ四方の「草の庵」を建てたのだが、それが「くやし」かったと、かつて芭蕉に語ったことがあった。理想はただ岩に身を寄せて修行することで、できれば人の手で作ったものなど加えたくない、だからくやしい。

仏頂のような修行者、つまり近世の修行者は勿論他にも存在していて、十六世紀の初め

に弾誓《たんぜい》上人という人が京都大原の古知谷《こちだに》というところで洞窟に住み、そのまま「即身成仏」を遂げた。芭蕉と同時代人の澄禅《ちょうぜん》上人という人もこの古知谷の洞窟に住んで、岩壁の凹凸が見ようによっては阿弥陀如来に見える、それを拝んだという。「このような修行者は、人間の作った伽藍や、人間の作った穀物や衣服、あるいは人間の手で彫った仏像まで拒否」（『石の宗教』）するのである。仏頂が「草の庵」を「くやし」いと思うのも、この同じ自然崇拝から来ていると考えられる。

仏頂和尚は芭蕉の禅の師であると紹介される。禅の師と聞くと、ああ、芭蕉は仏頂から禅のレッスンを受けたのかとイメージしやすいが、果たしてそうだろうか。むしろ芭蕉が興味を持って耳を傾けたのは、放浪する修行者としての仏頂の物語なのではなかったか。「乞食頭陀つかまつり一筋に修行」し続けた人の跡を、いま一人の「乞食巡礼」が訪れるのである。

芭蕉は「雲厳寺に杖を曳けば」と、この時初めて彼の杖に言及しているが、杖は「歩く修行者」の「持ち物」であり、役行者は勿論持っているし、物語の少し先、須賀川の「世を厭う僧」のところに、行基菩薩が一生栗の木の杖を使っていたという話が出てくる。行基もまた、寺の中に留まることをよしとせず、杖を曳いて歩き続けた人である。雲巌寺に曳く杖は仏頂へのオマージュに違いない。

『おくのほそ道』の中ではもう一人、見仏聖が日常的に岩屋ごもりをした人だ。瑞巌寺のくだりに「かの見仏聖の寺はいづくにやと慕はる」と書かれている。

こちらは西行の時代の話で『撰集抄』に語られたもの。西行が能登の海辺を歩いていると、荒磯の岩屋に齢四十ばかりの僧が麻の衣を着て一人座っている。ここに住んでいるのかと聞くと、普段は松島にいて月に十日の間だけここに住む、その間はなにも食べないと言う。この人が見仏聖で、西行が旅の帰りに同じところを通ると、その時はいなくて、どうしてもまた会いたくなった西行はわざわざ松島まで足を延ばして聖の寺に二月ばかりも滞在した。喧騒を逃れて一人静かに心を澄ませる……なら分かるけれども、松島の寺だって鳥の声と風の音くらいしか聞こえない。それをわざわざ日本海の荒波に洗われる岩場の洞窟に行って、春や夏ならともかく、冬なんてどうするの、やっぱりこういう人は修行のレベルが違うのね、と西行が感動して落涙する。芭蕉の物語の中にはただ「かの見仏聖の寺はいづくにやと慕はる」という一文があるだけなのだけれども、地上の極楽浄土かと思うほどに光輝く瑞巌寺の大伽藍を描写した後に、そっと添えられる見仏聖の質素な（と想像される）寺への思いが尊く、また「慕われる」という言葉が印象的に響く。

さて、尿前《しとまえ》の関を越えてから尾花沢へ抜ける苛酷な山越えは山岳修行に似ていながら不思議にその気配のない場面である。遊行聖や修験への一切のレフェランスが見当たらない。ここにはまた歌枕もなければ名所旧跡もない。ただ山越えの体験が、言ってみれば、そのまま書き記されて、まるでリアルな紀行文のようでさえある。あるいは泉鏡花的高野聖を連想させて頭の上から次々とヒルが降ってきそうだ。案内の若者の「この道は必ず不用の事が起こるのだけれど、今日は無事に終わってよかった」という、その「不用の事」とはどんなことを指すのだろうか。熊が出るとか虎が出るとか、鬼や妖怪が出るとか、平家の落ち武者か、泉鏡花的ファムファタルか……いずれにせよ、ここでは山は信仰の対象ではなく、岩はただ「躓く」だけの障害物に過ぎない。「この道は必ず不用の事……」と聞いて胸がどきどきしても、それは「うわっ、鳥肌が……」のような感覚的と言うか反射的な反応で、宗教的にも思想的にも展開されることがない。巡礼であることも忘れられている。

句を詠むことも忘れている。中世の旅物語の枠にこだわって現実を生きる作業のはずが、枠が消えてしまっている。西行がこの笹原を踏み分け踏み分け歩いたわけでもないので、そういうものなのか。結局は文学的スノビズムの裏返しに過ぎないのか……物語の展開の中で見れば、しかし、この山越えは、次の尾花沢での途中休憩を挟んで、その次の山寺の場面と鮮やかなコントラストを見せている。山寺では、修験の岩場修行が物語の枠として設定され、そこに一人の乞食巡礼の覚醒とでも言うべきものが描き出される。

立石寺は芭蕉の旅の予定にはなかったものだ。「ぜひ見ておくべき」と尾花沢で勧められて、来た道を七里も引き返してわざわざ見に行った。歌枕でもない。西行が立ち寄った場所でもない。文学的レフェランスはなにもない。ただ山寺が山寺である、その山寺に引き寄せられ、蝉が喧しい、その喧しさの中で、彼の知っていたものとは全く次元の異なる閑けさ、人間を超えたなにか宇宙的な閑けさに包まれて、心が限りなく澄みわたるのを感じる。見仏聖が、荒れる海辺の洞窟に求めた閑けさとは、あるいはこれだったのかもしれないと思う……

ここで展開されているイメージは岩屋ごもりではなくて、岩場を巡る修験の行。崖があればこれを巡り、岩があれば這うようにしてこれを回る。今のボルダリングに似て、ただしスポーツではない。自然の石の壁を巡る。一歩間違えれば谷底に落ちて死んでしまうが、たとえ死んでもそれは覚悟の上。岩であれ崖であれ、とにかく自然石というのは信仰の対象である。芭蕉は勿論実際にアクロバティックな行をするのではないけれども、先ずは身体的身振りによって、次に言語的身振りによって、「岸を巡り、岩を這ひ」て、岩上の「仏閣を拝す」のである。そしてその二重の身振りが、芭蕉に、あるいは詩人芭蕉に画期的なブレークスルーをもたらす。それが「岩にしみ入る……」の句だ。

閑かさや岩にしみ入る蝉の声

蝉の声が岩にしみ入り、澄みわたる静謐さが、彼と彼の心と、彼を取り巻く風景の一切を支配するとすれば、それは岩に「神」が宿るからである。

中世から近世への移行というのは、年表などを見ると縦に一本線が引かれて、はいここから近世というふうに分けられるけれども、人々の……と言うのか、いわゆる民衆レベルでのメンタリティみたいなものは、そんな新装開店的にがらりと変わるものではないから、近世の中に息づく中世はいくらでも見られるはずで、システムとしての宗教は体制によって管理されても、元禄の世に岩ごもりをする人たちはいる。日光修験は幕府の政策によって著しく力をそがれるが、芭蕉の時代にも生き続けている。室戸岬には頼円法師という人が元禄三年に五百日間の岩場修行をしたという碑が残っている（『遊行と巡礼』）。分類的には、これは山岳修行ではなく辺路《へじ》修行と言うらしく、海岸線の崖や岩場を巡り、海を眺める洞窟にこもり、断食もする。文字通り「岸を巡り、岩を這」う。洞窟は海に面しているのがデフォルトらしく、そうすると見仏上人の能登の岩屋ごもりも分類的には辺路修行になるのかもしれない。

陸奥から出羽の尾花沢へ抜ける大山越えも、山寺の岩場巡りも、文学的レフェランスの不在という点では共通するが、両者には中世の発心《ほっしん》物語風ビフォー・アフターほどの違いがある。前者では、案内の屈強なお兄さんはいい人らしいけれど、主人公はただ「無自覚」にその後を付いていくだけ。一方、山寺では、行者たちの身振りをまね、その身振りを支える石の信仰に導かれ、彼はついに乞食巡礼として、また詩人として、「覚醒」する。

二つの世界が尾花沢の滞在を軸にしてぐるりと入れ替わる。蚕を飼う家でのコクーン的快楽の日々と、暗闇から出て来いと蛙を誘うその呼びかけのうちに、やがてもたらされる覚醒への予感と準備を読み取りたくなる。

民衆信仰をめぐる主人公の覚醒の物語は、次の最上川の章での民衆文芸あるいは民衆芸能をめぐるもう一つの覚醒とシンクロするのだが、これについてはまた後で見ることにして、神の住む山々を目指して上昇を続けてきた巡礼の物語は、次の出羽三山で物語の前半部を終える。その最後の山で芭蕉が詠んだ句が先に触れた「語られぬ湯殿に濡らす袂かな」で、山寺で彼が詠んだ句「閑かさや……」とはまた違った意味で画期的なものである。立石寺の句が静寂を詠み込んだものだとすると、湯殿山の句は沈黙を詠んだ歌だ。物語が語ることで成立するとするならば、ここには語られぬ物語が空白のまま残され、物語の空白がそのまま句に詠われる。松島でただ口を閉じて沈黙のうちに眠れぬ夜を過ごしていた詩人は、いまや確固たる自信をもって沈黙と空白を詠うのである。

4 曾良の句

湯殿山の最後に置かれている句が「語られぬ湯殿に濡らす……」ではなく、もう一つ別の句、しかも芭蕉の句ではなく曾良の句であるのが興味を引く。

湯殿山銭踏む道の涙かな

曾良の句が物語の前半部を締めくくるのは、曾良の句がそれにふさわしいからに違いない。『おくのほそ道』の中に曾良の句が出てくると、注釈などではなにかと貶されていて、まあ、俳句的にはひょっとしたらそうなのかもしれないけれども、物語として見た場合はむしろ、そういう「クオリティの低い」句が、弟子の句だからというので「おお、君の句も一つ載せといてやろう」的な軽い動機からそこに置かれたと考える方が不自然に思えるから、そこに置かれているのにはそれなりの意味があるはずだ。

芭蕉の句で、「湯殿に濡らす……」と並んでここに置かれているのは「ほの三日月の羽黒山」と「雲の峰……崩れて月の山」の二つ。芭蕉の目も心もひたすら信仰の山の方を向いていて、山の高みへと上昇を続けてきた遊行の旅のいよいよクライマックスでありセレブレーションなのだからそれは当然としても、この先は山を下りなければならない。待ち受けているのはいつもの「俗世間」である。仏頂和尚も、修行を積んだその成就の後は「人の為にもまかり成り候」といって仏門に入ったくらいだから、俗聖《ぞくひじり》芭蕉も「成就の後」は「俗世間」の中で新たな生き方が求められる……という物語の流れで、この聖なる場所に俗なる人々の姿をもう一度描き出して見せるのが曾良の句である。

「銭踏む道」というのは、道に銭が散らばっていて、歩くと嫌でもそれを踏んづけながら行くことになるからで、散らばっているのはお賽銭らしい。湯殿山の御神体は自然の大きな岩だから、たぶん賽銭箱があるわけでもなく、お参りする人々が適当な場所に思い思いに賽銭をあげて、これが道に散らばってしまう。道に散り敷く花びら状態なのかもしれない。だれも拾わないのは、拾ってはいけない決まりになっているからで、拾っていいのはスタッフだけ……スタッフというのはやっぱり山伏だろうけれども、そういう山伏の一番下の階級の人たちのチップのようなものになる。彼らだけが銭を拾ってよかった（『山の宗教　修験道案内』）。そんなわけで、初心者向け峰入り体験コースに参加した素人巡礼たちは、瓜田《かでん》に履《くつ》を納《い》れずの例にならって草鞋の紐さえ直さないよう注意しながら神妙に銭の上を歩いていく。銭を踏むのがありがたいのやら、悲しいのやら、その滑稽さにむしろ泣きたくなる……曾良の句は、「聖地」を訪れた俗世の人々の姿を巧みに映し出して、中世の絵物語の一場面、例えば『一遍上人絵伝』の一場面、あるいはむしろそのディテールのようである。『一遍上人絵伝』では、一遍の物語の周辺に庶民の風俗が生き生きと描かれていたりする。要するに、曾良の句は芭蕉とは方向性がまったく違う。

曾良の句が物語の場面を絵画的に描き出して美しいという例は、他にも、例えば那須野のくだり――どこまでも続く那須の原を延々と歩いていく。見物するものもない歌枕もなにもない単調な道はさらに前日の雨で泥濘るんで歩きにくい。放し飼いの馬を見つけた芭蕉は、そこにいた農夫に頼み込んでそれを借り、馬で旅を続けることにした。乞食巡礼も背に腹は代えられない。旅人が珍しいのか、子供が二人後ろから走って付いてくる。曾良が子供たちと言葉を交わす。一人はかさねという名の少女で、野に咲く花のように可憐で美しい。果てしない野原が不意に一幅の絵に変化する。

かさねとは八重撫子《なでしこ》の名なるべし

曾良の句である。芭蕉自身はここでは句を詠んでいない。彼は少女の美しさなどに興味がない。

この那須野の場面は実際に、中世の絵物語の一コマのような絵に描かれたものが存在する。十八世紀の終わり頃、芭蕉没後百年記念プロジェクト的に企画制作された『芭蕉翁絵《え》詞《ことば》伝』という、全三巻、計四〇メートルにもなる絵巻物の一場面である。芭蕉の伝記物語を絵巻に仕立てたもので、『おくのほそ道』自体の絵物語化ではないが、『おくのほそ道』がフィクションとは考えられていないので、物語の一場面がそのまま作家の生涯に重ねられている。企画したのは蝶夢という人、自分で芭蕉の伝記を書き、狩野正栄という画家に絵を描かせた。

蝶夢は芭蕉復興に力を注いだ人で……ということは、蝶夢の頃には芭蕉はほぼ世間から忘れられていたということらしい。一七七〇年に、その忘れられていた『おくのほそ道』に彼が後書きを付けて再販し、これがベストセラーになった。与謝蕪村もこの版で芭蕉の作品を知り、『奥の細道画巻』という絵巻を制作している。蕪村の絵巻は江戸期のいわゆる俳画のスタイルで、味はあるが、ここから『おくのほそ道』の世界をイメージするとかなりなミスリードになる。蝶夢の方の絵巻物が完成するのは一七九二年。蕪村の絵巻から十数年遅れるが、「……絵詞伝」というタイトルが示すように、こちらははっきりと中世絵物語の方向を向いている。蝶夢は坊さんで、自ら全国各地を回って絵巻の制作資金を調達したというから、文字通り勧進聖であった。

蝶夢の『芭蕉翁絵詞伝』は芭蕉ゆかりの義仲寺に納められて、以来門外不出扱いでめったに一般公開されない。『一遍上人絵伝』や『西行物語絵巻』、あるいは『法然上人絵伝』のように画集にもなっていない。コロナが猛威を振るう二〇二一年に大津の歴史博物館というところで全巻が公開されたが、カタログなどは出ていないようだ……というわけで、現在はネット上に散見する断片的画像を見るばかりだけれども、那須野の画像は絵の全体を比較的よく見ることができて美しい。

かれている。

『芭蕉翁絵詞伝』には、他にも「白河の関」など『おくのほそ道』と重なる場面が絵に描かれている。

白河の関は歌枕中の歌枕ともいうべき場所で、芭蕉もこの場面では次から次へと古《いにしえ》の歌人にオマージュを捧げるのに忙しい。西行は言うまでもなく、能因法師、平兼盛、源頼政、藤原季通、大江貞重……と、ここまで文学的レフェランスが重なるともう身動きが取れなくなって、「白河の関越えん」と意気込んで来たけれども、芭蕉はついに一句も詠めず、白河の関を飾るのは曾良の句だ。文学的重圧に固まってしまった芭蕉を見て、先生、白河の関越えなんて別にそんなビッグディールじゃありませんよ。そもそも墨染の衣なんだから晴れ着に着替えるのも変でしょう。ほらここに咲いている卯の花をこうやって髪に飾ってちょいちょいっと……と曾良が先に立って関を越す。清々しくも美しい絵が出来上がる。

卯の花をかざしに関の晴れ着かな

狩野正栄の絵ではどうなっているだろうと見ると、こちらは芭蕉が先に立って歩いていくだけで、曾良は卯の花を挿頭《かざし》にしているわけでもない。まあ、芭蕉の「絵詞伝」だからあくまでも芭蕉フォーカスで仕方がないのか。あるいは、髪に挿すのが「挿頭」なら、そもそも曾良には髪がないので絵に描きにくいのか……

曾良の句は『おくのほそ道』中に十句ほどしかないけれど、今ここに見ただけでも物語上重要な役割を与えられているわけで、曾良を「芭蕉に付き添って『随行日記』を書いているだけの俳句の未熟な弟子」的存在と見做すのは見当違いだろう。彼がこの物語の極めて重要なキャラクターであるのは間違いない。

曾良が頭を坊主に剃って墨染の衣を着ていると紹介されるのは黒髪山のくだりだが、いつ頭を剃ったのかというと旅立ちの日の朝……というかなりドラマチックな仕立てになっている。芭蕉は乞食巡礼に命を懸けているのだから僧形も不思議ではないが、曾良はいったいどんな理由で、しかも出発の日の朝になってわざわざ坊主になったのか。芭蕉に合わせて坊主になった……それ以外の理由が思いつかない。芭蕉を喜ばせるためと言ってもいい。「松島・象潟の眺めともにせんことを喜び」と書いてあるのだから、「先生と一緒に松島とか象潟とかの景色を眺めてみたいです」というのが巡礼に参加する曾良側の思いである。「先生と一緒に」というのがやはり頭を剃って名前も宗悟と変えた理由だろう。
『笈の小文』に、やはり曾良と似たようなポジションで杜国という門人が出てきて、ちょっとこう不倫旅行みたいに秘密の匂いを漂わせながら、伊勢で落ち合って、これから吉野の桜を一緒に見に行きましょうという話になる。芭蕉の稚児趣味と言っていいのかどうか、まあ、そういう好みを知っている杜国は、自らを万菊丸《まんぎくまる》という稚児風の名前に変えて芭蕉を喜ばせる。『笈の小文』をノンフィクションの紀行文だと考えると、『おくのほそ道』と同レベルでは比べられないことになるけれども、物語的に見れば、これもやはり芭蕉的なモチーフの一つと見ることができる。愛すべき弟子が先生のために名前を変え姿を変える……

曾良が『おくのほそ道』の中で果たしている役割は決して小さいものではない。白河の関では、自己の世界観の中で凝り固まって身動きの取れない芭蕉を、芭蕉のロジックの外側から易々と批判してみせた。芭蕉は奥羽の旅を続ける過程で、歌枕への執着とそのベースにある文学的スノビズムから自己を解放していくわけだが、その過程のそもそもの初めから、曾良は反–歌枕的あるいは非–歌枕的キャラクターとして存在している。曾良が初めて旅の「同行《どうぎょう》」だと紹介されるのは、ということはつまり、初めて登場人物だと知らされるのは、日光よりも前、旅の第一の歌枕「室の八島」においてである。

5

歌枕

歌枕というのは、『万葉集』くらいの大昔から時代を越えて歌に詠みこまれ続けてきた地名で、観光旅行の存在していない昔だからそれ自体は名所というよりはレトリックの一つ。歌枕など詠み込まなくても歌はできるが、詠み込むと簡単にそれらしくなる。歌枕を詠み込んだ歌があると、さまざまな歌人が後から後から何百年にわたってそれを上書きしていく。上書きと言っても、それで以前の歌が消えるわけではないので、一つの歌枕に歌が山のように積み上がる。

芭蕉のように師匠とか先生とか言われる立場になると、一つの歌枕につきどんな歌が詠われているくらいはプロとして把握しておかないといけない。歌枕を詠うに際しては、先行する歌の代表的なものだけでもレファランスとして提示しておかなければならない……

みたいな気持ちになると、白河の関のように身動きが取れなくなる。文学的教養が文学的創造を蝕む典型的なパターンである。

歌枕の重圧で句が詠めないというテーマは『笈の小文』でも扱われていた。稚児万菊丸と一緒に吉野の桜を見ようとはしゃぎまわっていたのが、実際に桜を目の前にしたら一句も詠めない。例によって文学的レフェランスをリストアップするばかりで句は詠めない。安原貞室という人が「これはこれはとばかり花の吉野山」と詠んでいて、「松島やああ松島や松島や」という、勿論これはただの伝説で俳句ではないけれども、そのはしりのような見事な創作の放棄……それでも、「いわん言葉もなくて、いたづらに口をとぢたる」自分よりは、言葉にしただけ貞室の方がまだましだよな、とかなりなショックを受ける。『鹿島詣』にも同じような状況設定があって、芭蕉は、貞室が須磨まで十五夜の月を見に行ったという話を思い出し、この秋はひとつ鹿島神宮まで行って月を見ようじゃないかと思い立つ。ところがいざ月を見ると句が詠めない。仕方がないので、清少納言がホトトギスの声を聞きに行って、ご馳走に舌鼓を打っているうちに花より団子でホトトギスの歌が詠めなかった、という話を引き合いに出して、清少納言だってそういうことがあるんだからまあいいかと、文学的レフェランスを創作放棄の言い訳にする。

芭蕉の「歌枕の旅」はこのように以前からすでに破綻していたわけで、テーマとしては別に新しくはないのだけれど、『おくのほそ道』ではそれが物語的にモチーフとして展開されていて、そこが面白い。白河の関に続いて、松島のくだりでもやはり芭蕉は句が詠めない。ただし『鹿島詣』や『笈の小文』と違うのは、句が詠めないゆえの空白がそのまま放置されることはなくて、曾良の句がその空白を埋めて主人公の「危機」を救ってくれる。松島でも白河でもそれは同じである……先生、松島が破格のスケールで圧倒してくるんだったら、こっちも目いっぱいブースト掛けて、目盛りをホトトギスから鶴まで上げましょう。

松島や鶴に身を借《か》れほととぎす

これとはまた少し違う意味で、室の八島にも歌枕をめぐる空白が存在する。室の八島を旅のコースに入れたのはなぜかと言えば、それはやはり歌枕だからというのが理由だろう。それ以外に芭蕉を引き付けるなにかがあったとも思えない。にもかかわらず、わざわざ訪れた歌枕の地を、しかも歌枕第一号を、リアルに目の当たりにしたことへのコメントが一切ない。ここでは芭蕉（登場人物の）は句を詠まないが、それは詠めないというよりもむしろ詠む気がなさそうにさえ思える。レフェランスのリストもない。歌枕としての室の八島は完全に空っぽなのだ。それは、現実の室の八島には本当になにもなかったからなのかもしれない。この物語上の空白は、レトリックでしかない歌枕を名所として訪ね歩くことの空虚さと呼応するのだろうか。主人公にはこの後も歌枕を訪ね歩く予定がどっさりあるにもかかわらず、である。これは主人公の危機どころか物語そのものの危機のようでさえあるが、勿論ここには曾良がいて、物語の空白を何事もなかったように埋めてくれる。

曾良は、ここでは芭蕉の代わりに句を詠むのではなく、コノハナサクヤヒメの神話物語を語り始める。コノハナサクヤヒメは、天から地上に降りた神ニニギの妻となり一夜で懐妊する。ところがニニギは、一夜で身籠るとは妙だ、俺の子じゃないだろう、と妻を疑う。一回のセックスで妊娠するなんて普通にあることなので、ニニギの言っていることの意味がよく分からないけれども、コノハナサクヤヒメもそんなことを言われて頭にきた。なに寝ぼけたこと言ってんのよ。じゃあいいわ。私は室（土を塗りこめた寝室で、入り口を土で塞ぐと竈状態になるらしい）に入って火を付けてその中で子供産むから、神の子だったら火の中でも無事生まれるでしょう。その時自分の子だって気付け、このうすらとんかち……と、燃える火の中で子供を三人産んだ。

曾良は、奥州旅立ちの前にいろんな資料を読んで、これから訪ねる予定の神社と歌枕のそれぞれの資料ノートを作った。これは現実の曾良の話で、登場人物の曾良については特にそれらしきことは書かれていないが、旅立ちの前の日に詳しい資料ノートを作ったとすれば、出発当日の朝に髪を剃って墨染の衣に着替えたという曾良のキャラクター設定としては申し分のないほどマッチしているので、当日の朝になって髪を剃ったのは、前の日徹夜で資料作りをしていたせいではないかとさえ思えてくる。

室の八島でも、コノハナサクヤヒメの話をする曾良はいかにも彼の資料ノートを読んでいるような印象である。ここで読んでいるのは神社に関する資料ノートの方で、燃える室の話はそれでいいが、歌枕の方もそれで強引に説明してしまっている。

室の八島は確かに煙にちなんだ歌を詠い習わす歌枕だが、「煙は池の水が霧になって立ち上り煙のように見えるけれども本物の煙ではない」というところでレトリック的に遊ぶ歌枕。そこから「名のみなりけり」とか、そういう表現が出てくる。室の中で火が燃えるその火の煙で歌を説明しようとすると話がかみ合わなくなるのだが、まあ結局のところ曾良は歌枕にそんなに興味はなくて、ただ芭蕉を喜ばせるためにいろいろ調べて歌枕ノートを作った。いずれにせよ、室の八島では神社ノートの方を読んでいて、歌枕ノートは見ていない。

歌枕については、このように、わざわざスケジュールを組んでその地を訪れるのだけれども、いざそこに行くとイメージ通りに物事が進まない、ということが繰り返される。アンビヴァレンスと言うのか、対歌枕的にポジティブとネガティブの相反する二つの方向が同時に主人公の中に存在し、それが物語を引き裂こうとする。笠島への道で起こるのもそうした二つの方向の葛藤であり、その結果としての混迷である。この時芭蕉を救うのは曾良ではなく、芭蕉自身が詠む句の力……と言うのか、「笠」の駄洒落が句の中に生み出すコミック。「笑い」が葛藤から救い出してくれる。乞食巡礼が山の高みを目指して上昇を続けるその直線性に対して、歌枕巡礼が内包する二つの方向とそれが生み出す緊張感・停滞感が鮮やかなコントラストを見せている。

名取川を渡って仙台に入ると、歌枕はまた異なった様相を呈する。仙台藩では、歌枕は文学の問題である以上に政治的案件だったからだ。

伊達綱村の文化事業には歌枕の「復興」も含まれていた。歌枕の地を調査し、整備し、称揚する。それは地方のアイデンティティの問題であり、また観光旅行の普及をベースにしたマーケティングの問題であったかもしれない。画工加右衛門《かえもん》はそのプロジェクトに参加した一人だった。

加右衛門は、宮城野、玉田、横野などの「名所」を案内してくれた。その辺りは、オランダ村とかスペイン村とかを連想させる、歌枕のテーマパークとも言うべきもので、ここが、今は咲いていないけどチューリップ畑で、こっちに行くと風車がありますし、今日は風がありませんけど……みたいにあちこち案内をしてくれる。陽も射さない真っ暗な松林に入って、ここが歌枕の「木の下」です、と言うあたりはほとんど眉唾もの……加右衛門は画工だからいろいろな所の歌枕マップも作ってくれて、別れる時に餞別と一緒にくれた。マップを頼りに道を辿って行くと、テーマパークの中に「奥の細道」という名前の道があった。

それで、このテーマパークの場面が『おくのほそ道』という物語の「ミザンナビーム」だと言いたいのだけれども、それには先ずミザンナビームを説明しないといけない。ミザンナビームというのは、フランス語の mise en abyme をカタカナ表記してみたもので、もとは紋章の方のテクニカルタームだったのを文学作品に応用して、「作品の中にその作品全体のミニチュアと言うか縮図と言うか、そういうものを入れ子構造にして組み込んだもの」のことを言う。一番有名なのが、シェークスピアの『ハムレット』で旅芸人の一座がデンマーク王（ハムレットの父親）の殺害を無言劇で演じて見せる場面。デンマーク王の殺害は『ハムレット』の劇全体がその周りに結晶していくそもそもの核なのだけれども、劇が始まる以前に起こったことでその場面自体は『ハムレット』には存在しないという、まあ、構造がちょっと複雑。小説の例だと、プルーストの『失われた時を求めて』の中に『スワンの恋』という章がある。プルーストの主人公「私」とはまた別のスワンという登場人物の恋とか上流社会とか芸術とかをめぐる物語で、「私」の人生全体のミニチュア版になっている。スワンが結局はスノビズムに囚われたまま自分の人生をただ消費してしまうのに対して、「私」は一種の覚醒を得てそこから抜け出すという大きな違いがある。能の作品によっては、途中に間狂言《あい》というものが挿入され、アイと呼ばれる役の人がそれまでの物語を狂言バージョンで語って見せるというのがあって、これも、ものによってはミザンナビームと呼べるかもしれない……というわけで、このテーマパークの場面が『おくのほそ道』という物語に嵌め込まれたミザンナビームであるという……

仙台の中に奥の細道という道が実際にあって、その周辺に歌枕の名所が散在している。しかし、名所と言っても、それが古来歌に詠われてきた場所なのかどうかははなはだ疑わしい。伊達綱村の文化プロジェクトで整備されたもの……ということは、「学識経験者」みたいなのが集まって、ここがそうだろう、あそこがそうだろうと決めたのを、「土木業者」が入ってそれらしくして、「広告代理店」が……いや、「広告代理店」はないだろうけど……とにかく、それを観光目的の文化的スノッブたちがありがたがって見物する……これが主人公のしている歌枕巡りの悲しくも滑稽な縮図だとしたら……

宮城野の章の次は壺の碑《いしぶみ》で、これも歌枕だが、芭蕉はここではいたく感動して落涙までする。けれども、それは歌枕の地を訪れたことがもたらす感動というのとは少し違う。壺の碑と呼ばれる大きな石に、九世紀も前に刻まれた文字と言葉がそのまま残っていて、芭蕉はそこに「古人の心」がそのまま宿っていると感じた、その感動である。石に「古人の心」が宿っていると感じるあたりは「石の信仰」のテーマとも絡んできそうだが、それはともかく……歌枕を巡る行脚は、確かに私をこの石碑と出会わせてくれた。しかし、歌枕の果たした役割はそれだけであり、それ以上のものではない。主人公芭蕉は今や歌枕との間に意識的に明確な距離を取り始めたのである。

昔よりよみ置ける歌枕多く語り伝ふといへども……時移り、代《よ》変じて、その跡たしかならぬことのみ……

歌枕の跡を辿ること、それは幻影を追うことに他ならない。それは勿論この物語の初めから芭蕉も薄々気付いていたことではあるが、それでもスケジュール通りあちこち立ち寄り、立ち寄った場所と同じだけの数の幻滅を知ることが物語的に欠かせなかったということでもある。幻滅の数を重ねながら、芭蕉は少しずつ別の選択肢、まあ、いわゆるオルタナティブへとシフトしていく。

6

風流

白河の関では句を詠めなかった芭蕉だが、須賀川の等窮にそのことを聞かれていろいろと言い訳をしている。長旅がこたえまして、身も心も疲れてましまして、景色に見惚れてまして、古人の歌を次々思い浮かべていたら腸《はらわた》がちぎれまして……絵に描いたような言い訳で、それでも、まったく手ぶらで関も越えられず、とりあえず一句詠んだとある。

風流の初めや奥の田植歌

白河の関にも関越えにも関係のなさそうな句だが、これを「関を越える際に詠んだ」とはどういうことだろうか。田植歌をどこかで聞いたのだとすると、白河の関の一つ前、遊行柳のくだりに、

田一枚植えて立ち去る柳かな

という句があって、「田一枚植えて」が田植えを指すなら、この時に田植歌も聞いたものと思われる。遊行柳は田圃の畦道にあるのだから、一枚の田植えが始まって終わるまで、そこに座って西行や遊行上人のことなど、あれこれもの思いに耽っていたのなら、別に聞く気がなくてもその間ずっと田植歌が耳に流れていて、別に聞く気がなくてもいつの間にか聞き入っていたかもしれない。遊行柳と白河の関は厳密には違う場所だけれども、芭蕉的虚構空間の中では恐らく同じ位置にある。

能の演目に『遊行柳』というのがあって、遊行聖がこの白河の関を越えるところから始まる。遊行聖は時宗の僧で、一遍の教えを受け継ぎ、例の「決定《けつじょう》往生六十万人」と書かれた念仏札を人々に配るという、いわゆる「賦算《ふさん》」をしながら諸国を回っている。お札をもらった人は阿弥陀仏によって救われる……それで、その遊行聖が白河の関を越えると、老人（実は柳の精）が現れ柳の老木に案内してくれる。そこは嘗て西行が立ち寄った場所で……という話になる。『遊行柳』において白河の関と柳はセットになっているので、『おくのほそ道』でもセットになっていて不思議はない。柳の精の登場を当てにできない芭蕉は自分で遊行柳まで行く必要があるから、順序が逆になっても、行きやすい方から行くしかない。

遊行柳で田植歌を聞き、白河の関を越えながらその歌を句に詠んだ。勿論これは白河の関をテーマにして句を詠めなかった、その逃げ道だったわけだけれども、逆にそれが予想していなかった新たな道を提示して、『遊行柳』の老人が岐路に立っていた遊行聖を(「これにあまたの道の見えて候……」)広い道ではなく古い昔の道へと案内するように、遊行柳に導かれて芭蕉もまたその細い道を辿り始める。土地に根付き土地に花開く「風流」を巡る細い道である。

『遊行柳』の柳は老木というよりすでに朽ちている。西行の頃には道の辺に清水が流れ、柳の枝は青々と茂り川辺に木陰を作っていた。その川の水も枯れ、今は蔦に覆われた朽木が土を盛った塚の上に立つばかり。けれど柳は華やかな昔をなおも懐かしみ、懐かしむ想いに囚われて成仏できずにいた。それが今ようやく遊行聖の念仏で往生を遂げることができる……このあたりは仏教とアニミズムの混交が見られて興味深いが、それはともかく、今ここで注目したいのは、老木が執着する華やかな昔というのが、古の都の華やかな生活を指しているらしいことである。

桜咲く季節に宮中で蹴鞠《けまり》に興じる若者たちを柳は思い出す。蹴鞠のコートには柳が植えられていたから、彼はそこで繰り広げられる雅な人々の雅な日々のすべてを目撃していた。宮中の柳が、藤原実方のようになにか問題を起こして地方に左遷されて来たのか……というような展開だけれども、とにかく老いた柳はこの辺境の地にあって嘗て暮らした都会をひたすら懐かしむのである。遊行柳は、実方と同じく、都市という失われた中心を幻影のうちに追い続ける者たちの一人だ。だからこそ、地方に息づく「風流」を遊行柳のもとで発見することが芭蕉にとって象徴的意味を持つ。

歌枕はどれほど辺境の地にあろうと、歌枕である限り、都という中心を回るサテライトに過ぎない（『もう一つの「細道」』）。白河の関のくだりで言及される、例えば平兼盛の歌「便りあらばいかで都へ告げやらむけふ白河の関は越えぬと」などは、もしスマホを持っていたら「いま白河の関越えたよー」と都に写メしそうだし、その他の歌も「都をば霞と……」「都にはまだ青葉……」「都の秋の日数……」と都の周りをぐるぐる回っている。放浪者であろうとしていまだ放浪者になり切れない芭蕉の問題はそこにあり、それが歌枕の地に立った詩人芭蕉をブロックする。西行の歌はさすが西行というべきもので、「白河の関屋を月のもるかげは人の心をとむるなりけり」と、都のみの字も出てこない。西行をモデルとして放浪を続けるのならば、どうしても別《オルタナティブ》の道をとらなければならない。

「風流の初めや……」の句に「風流」という言葉が出てきて、これは、現在私たちが「いや、なかなか風流なもんですなー」という時の「風流」とは違うのだろうと想像はつくが、ではどういう「風流」なのかというと、それはなかなか難しい。けれども、『おくのほそ道』が物語である以上、物語のコンテクストの中で「風流」の意味の方向性みたいなものは見えてくるはずである。物語が奥羽巡礼を中世の枠の中で語るのならば、多かれ少なかれ「風流」もまた中世の枠の中にあるのだろう。田植歌の「風流」が「歌枕的美意識」と同じパラダイムの中で対立的な選択肢としてあるのならば、「風流」は、都市という中心の文化に対峙するものとしての地方という周辺の文化に属すものだろう。支配層の文化に対する民衆の文化だろう。物語が高野聖や遊行聖をモデルとして展開するものならば、

「風流」もまた放浪する宗教者たちと深いつながりを持つだろう。

中世の風流は「ふりゅう」とルビを振って民衆芸能のあるスタイルを指すことがある。風流踊とか風流大念仏とか言う時の風流だが、本田安次は『日本の傳統藝能』（第十巻）の中で、「みやびやかなもの、風情あるもの、雅致あるもの」の意で用いられることの多かった「風流」が中世において独特の意味を帯びるようになったとして、次のように書いている。

……こうした「風流」が、中世「ふりう」と読まれ、物語や和歌の心を意匠化した風情あるつくりもの、祭礼等に於けるきらびやかな練りもの、或いは様々の仮装をし、拍子ものや歌をも伴い、手振り面白く踊る踊などをもさすようになった。

本田はさらにこうした風流をその起源から、「疫病祭に発したもの」「田楽に発したもの」「念仏躍に筋を引くもの」に分けているが……と言っても、この説明だけでは少しイメージしにくい。とりあえずは、風流大念仏に関する五来重の説明（『高野聖』）が具体的で分かりやすいかもしれない。

風流というのは造花をかざった風流傘を立て、花笠をかむり、負物《おいもの》を背負い女装や仮装をし、華美な太鼓・羯鼓《かっこ》や桴《ばち》や鉦をもち、剣や棒を振るっておどる踊念仏である。

勿論一口に風流と言っても、時代により地域により様々に変化して無数のバリエーションを生み出すのだろうから、この「風流」は風流の定義というよりは、整理分類の便宜ということだろう。ただ、人の耳目を驚かすきらびやかな趣向という点はある程度共通するもので、それが「風流の精神」のようなものかもしれない。

中世の風流は現在も伝統芸能として日本の各地に沢山残っていて、本田の『日本の傳統藝能』には長年のフィールドワークにより収集された膨大な資料データが紹介されている。『日本の伝統芸能』は『日本の傳統藝能』の普及版で、そちらにも資料データの一部が紹介されている。写真はモノクロ画像だけれども、いまはネットでも各地の祭りの伝統行事がカラー画像や動画で見ることができるので参考にできるだろう。

「風流傘」というのは、巨大な傘に大きな花の飾りを付けたもので、その周りで風流踊を踊る。十七世紀初頭の「豊国明神臨時祭屏風絵」（狩野内膳）にも立派な風流傘が描かれている（これもネットで簡単に見られる）。豊国明神臨時祭は豊臣秀吉七周忌一大イベントで大型予算もついて、その意味ではオフィシャルな行事、その七日間のイベントの中の一日に風流大踊があった。民衆芸能としての風流踊が支配層の大規模行事に取り込まれたような格好だけれども、民衆芸能としての姿はそれなりにうかがえるのだと思う。踊っているのは京都の町の人で、揃いの衣装に揃いの笠、太鼓や鼓で拍子をとっている。山伏の姿も見える。ポルトガル人かオランダ人か、西洋人の姿も見えるが、これは本物の西洋人というよりはそういう仮装かもしれない。

「花笠をかむり、負物を背負い」の「負物」は、『日本の傳統藝能』の写真では、巨大な団扇のようなものだったり、孔雀が羽を大きく広げたのを何倍にもしたような飾り物で、宝塚のフィナーレでそういう大きな羽根を背中に付けて踊る、あの豪奢な飾りを連想させる。そう言えば、男装するところも含めて、宝塚のフィナーレというのは日本古来の伝統を受け継ぐ今様の風流《ふりゅう》なのかもしれない。

「風流の初め」の風流は音綴の数から「ふうりゅう」と読むから、風流《ふりゅう》とは違うのだけれども、宮城野で、画工加右衛門が、高野聖に扮する乞食巡礼に鮮やかなあやめ色の鼻緒の草鞋を贈る、その「風流のしれもの」振りは風流《ふりゅう》的美意識に通じるものかもしれない。

遊行柳で芭蕉が見たのは歌を伴った田植えなので、本田安次の分類だと、風流系ではなく田楽系の芸能として整理されるものだろう。田楽系の芸能はさらにいくつかの下位項目に分けられるが、別になにか明確なジャンルとして管理されたものではないので、様々な構成要素が混交して、風流《ふりゅう》的と思われるものもかなり見られる。そもそも「風流」に「田楽に発したもの」があるのであれば、風流的な要素と田楽的な要素が民衆芸能のうちに混在していても不思議ではない。

「田植踊」という、これは田圃という場から離れて神社などで行われる豊作祈願の神事になったもので、女装した若者達によって踊られるものが複数見られる。以前は青年女装で今は少女達が踊るというのもあり、なにか「検閲」的なものの介入が疑われるが、いずれにしても、もともとはジェンダー・トランスが田植踊と親和性を持っていたということだろう。「田遊」の項目では、翁面と媼《おうな》面を付けた二人が抱き合ったり、人が牛や馬に仮装したりするケースが紹介されている。

大阪住吉大社の「御田植神事」は実際に田植えをするもので、田植えをする植女《うえめ》の役は遊女たちがする。今は勿論遊女はご法度なので新町の芸者さんたちが代わってするらしい。それで、このきれいな「風流の花笠」を付けた遊女たちが苗を持ち、八乙女（巫女さん）、風流武者（仮装の武者）、住吉踊などの人たちと行列をして田（「御神田」）まで行く……まあ、大阪住吉大社の神事なので特別なのかもしれない。

「囃し田（田囃子）」の項に、室町時代の田植えを描いた「月次風俗図屏風」（東京国立博物館蔵）が紹介されている。モノクロ写真だが、これもネットでカラー画像が見られる。彩色の剥がれている部分もあるが全体的にとても美しいものだ。早乙女は小グループごとに揃いの着物を着ているようでもある（色落ちのせいではっきりとは分からない）。それぞれに音頭取がいて、団扇と鍬を持った男たちは田植え作業のペースメーカーか、、、ささらを持つ男は田植歌のリズム担当兼指揮者かもしれない。田の外の地面には田楽衆がいて笛や太鼓や鼓で田植えを囃し、その前では白い翁面と黒い翁面の二人が扇をかざして踊っている。能の「翁」の登場人物を思わせるが、猿楽の芸人がここに入り込んでいるのか、これはその田楽バージョンなのか、あるいはこのあたりは猿楽と田楽の境界が曖昧なのか……いずれにせよ、これで田植えは賑やかに盛り上がり、苗を運んできた男たちも一緒になって田楽踊を踊っている。

田楽が田植えから発生したのか、そうでないのかはともかく、少なくとも十一世紀には既に田植えの囃子に田楽踊が使われていた。『栄花物語』の中で、娘の彰子（後一条天皇の母）がいわゆる実家に当たる道長の家を訪れた時に、道長が田植えの様子を言わばショー的に見せてくれる、その際に田楽衆が田に下りて歌い踊ったとある。これは、イベントだから特別にというのではなく、普段通りそのままの田植えだったらしい。『法然上人絵伝』（鎌倉末期、知恩院蔵）などにも、田に入って田植えを囃す田楽衆が描かれている。

さて、『日本の伝統芸能』によると、「月次風俗図屏風」とそっくりな田植えが今も広島県山県郡というところに残っていて、その文章を少し長くなるけれども引用すると、

はじめ御神田、もしくは特定の田を、盛装した飾り牛を沢山入れて耕さしめ、田の神

への豊作祈願の後、早乙女たちが田に出て一列に並び植えます。このとき「さんばい」と呼ばれる音頭取が、ささらを摺りながら音頭を出すと、早乙女たちが後を受け、掛け合いに田植歌をうたいます。その後ろに青年たちが大勢、大太鼓を腰に下げてこれを打ち鳴らしながらその拍子をとります。小太鼓、調子金、笛のものも交じります。拍子に緩急があります。

白尉と黒尉を除けば、「月次風俗図屏風」の説明かと思う程よく似ている（飾り牛は屏風にも描かれている）。こうした「月次風俗図屏風」風の田植えの例は、広島県だけではなく島根県や岡山県などにも見られるようだが、いずれにしてもサンプリングが中国地方に限られていて、芭蕉の「奥の田植歌」からは少し距離がある。それでも、芭蕉の聞いた田植歌がどんなものなのかイメージしてみる時の基準のようなものは提供してくれるだろう。

田植歌でも、風流でも、伝統芸能として現在も残っているということは、芭蕉の時代にはバリバリの現役として各地で活躍していた。はい、もう近世なんだから、いつまでも

「中世、中世」言ってないで田植歌も近代的にリニューアルしてね、みたいなことがあるわけもないし、伝統保存会の活動がないとどんどん消えていきます、みたいなこともない……というわけで、イメージの基準としては、例えば、田植えの途中で一人が田植歌を歌い出すと、それに誘われるように早乙女たちの合唱が始まる……昔の日本映画の演出にありがちな、そういう場面はあり得ない。早乙女たちがアカペラで田植歌を歌っていると笛の音が寄り添うようにしっとりと流れ、ああ、いいなあ……みたいな昭和的風流もこの場合あり得ない。基本的に、田植歌には音頭取がいて、この人がささらを摺りながら拍子を取り、音頭を取り、早乙女たちがそれを受けて掛け合いで歌を歌う。これに加えて、田楽衆が太鼓や鼓で田植えを囃し立て、また田楽踊を踊る。田植歌が聞こえていたなら、ささらを摺る音は聞こえていた。田楽囃子も聞こえていた。芭蕉の聞いた田植歌はとりあえずそういうものだ。

芭蕉はそういう田植歌を、あるいはそういう田植歌の白河の辺のバージョン（奥の田植歌）を遊行柳の蔭で聞いていた。この田植歌を起点として、彼は奥羽の風流を巡る新たな奥の細道を歩き始めることになるのだが、この段階では芭蕉はまだ歌枕に対するコンプレックスを持ち続けたままなので、奥の風流の道は、しばらくは歌枕の道と重なることになる。

7

芸能

奥の風流の細道は、言うまでもなく、主人公自身が「このたびの風流ここにいたれり」と言っている大石田における俳諧興行まで通じている。では、「風流の初め」から大石田に「いたる」までの、その途中にはどのような風流との出会いがあったのだろうか。

俳諧が風流の道だとすれば、須賀川の等窮の家で「風流の初めや……」を発句として連句三巻を巻いたのが実質的スタートで、大石田で「わりなき一巻」を残す、そのゴールまで、物語には語られていないけれども俳諧興行を幾度も開き、その興行のそれぞれが奥の風流の巡礼地である……まあ、そう取ろうとして取れないこともないが、それではせっかくの「風流」の意味が薄い。風流の初めはやはり田植歌なのだし、俳諧巡りのゴールというのでは大石田での芭蕉の感動がなにかぼやけてしまう。

風流という言葉は、この田植歌と大石田の「このたびの風流」と、例の画工加右衛門の紫の鼻緒の三か所にしか出てこない。奥の風流の細道は、風流という言葉を追いかけたのでは物語的に辿りにくい。けれども、歌枕崇拝は形骸化しつつも松島を過ぎる辺りまでは維持されて、歌枕巡礼も一応そこまでは続くので、その過程で歌枕崇拝がどういう方向へシフトしていくのかを見れば、芭蕉の「風流」も自然と姿を現すのではないか。

歌枕巡礼は、幻滅を伴いながら、これまで見ただけでも、「実方のかつみ」「どこにあるか分からない笠島」「歌枕のテーマパーク」「壺の碑の古人の心」、そして松島へ……と続いている。「浅香のかつみ」のすぐ後にも「信夫《しのぶ》の里」という歌枕が出てくる。実は、芭蕉はそこで昔ながらの田植えに再び遭遇していた。福島は田植えの季節である。ただ、ここで芭蕉の心を捉えるのは、田植歌ではなく早乙女の手もと、苗を取る彼女たちの手の動きだ。

白河の関からそれほど遠くない信夫の里、しのぶもじ摺りはその信夫の里特有の染め物として有名だった。石の表面に自然にできた複雑な模様の上に布を当て、そこに忍草の汁を染料として摺り込むと布に石の模様が写って面白い染め模様になる。それを歌枕として歌に詠んで、しのぶは忍ぶ恋に掛け、布にできた文字のように見えて文字ではないランダムな模様の乱れを心の乱れに掛けて言葉遊びをする。例えば、百人一首の「陸奥のしのぶもぢずり誰ゆゑに乱れそめにしわれならなくに」（源融）が有名。それで、その「しのぶもぢ摺りの石」を尋ねて芭蕉は信夫の里に行くのだが、昔は山の上にあった石が今は谷につき落とされ、肝心の模様のある側が下向きになって土に埋もれている。芭蕉の中で繰り広げられる歌枕の転落を象徴するようなイメージだけれども、その歌枕のネガティブなイメージにもかかわらず、詩人芭蕉がここで歌枕を上手く詠み込んで句を創り得たのは、苗を取る早乙女の所作が、忍草の汁で布を染めていた古の女たちの所作と重なり、そして繋がって見えたからだ。

早苗とる手もとや昔しのぶ摺り

「昔しのぶ摺り」がちょっと駄洒落っぽいけれども、そのコミックが歌枕への幻滅というドラマを非ドラマ化しているとも言え、「しのぶ摺り」は「忍ぶ恋」からも「乱れる心」

からも解放されて、早苗とる手のスキルフルな動きの向こうに布を染める女たちの失われたスキルを甦らせる。生まれ変わる民衆の、人から人へ、手から手へ、時を越えて受け継がれ生き続けるスキルを芸と呼んでもいい。芸能と呼んでもいい。田植歌の音頭取が摺るささらの音が、石の上で布を摺る音と重なるのかもしれない。土に埋もれた「信夫摺りの石」は有形文化財的な「壺の碑」のように「古人の心」を伝えてはくれないが、無形の文化財としての早乙女の所作が「辺国の遺風」を忘れていない。

歌枕の対立項としての民間芸能のモチーフは「十符《とふ》の菅菰《すがこも》」でも面白いバリエーション展開が見られる。画工加右衛門の歌枕マップを辿って行くと「奥の細道の山際に十符の菅《すげ》」があったというくだり——仙台の岩切を中心に、普通の菰より幅の広い、網目が十筋の菅菰が作られていた。これが歌枕になって、十符の菅菰を敷いて、普通のより幅広だから君を寝かせて余った所に私も一緒に寝ましょう……みたいな歌が詠まれていた。それで、その十符の菅がなんと奥の細道の山際に栽培されていて十符の菅菰が今も作られていると知る……これも伊達綱村の文化保護政策によるらしいのだけれども、菅菰に限っては、民衆のスキルあっての菅菰なので、あきれるほどにテーマパークな加右衛門の歌枕マップの中で「十符の菅菰」だけは民衆と共に生きていた。

松島を過ぎてから平泉に至る二十余里程の間にある歌枕は、姉歯の松、緒絶え橋、袖の渡り……と名前だけがずらりと並んでいるけれど、芭蕉はもう訪ねようともしない。道がよく分からなくて……と一応言い訳的なことも書かれているが、別に残念そうでもなく、歌枕など今やどうでもいいといった感じに溢れている。歌枕崇拝が松島において終焉を迎えたということだろうか。それは「奥の風流」の旅が松島で一つの山場を迎えるということだろうか。

松島では、句を詠めない芭蕉に代わり曾良が「……ほととぎす」の句を詠むのだったが、このあたりの物語の構成はその直前の塩釜の宿のシーンを含めて、白河の関・遊行柳とよく似ている。ちなみに、塩釜のすぐ前で訪れる歌枕、野田の玉川・沖の石は伊達綱村の文化事業によるものらしく、画工加右衛門がくれた例のマップに載っていたものだろう。末の松山は墓場になっていて、また一つ幻滅が加わる。この歌枕は永遠の愛を詠うレトリックで、津波が来た時も末の松山は越さなかったと伝えられるけれども、もし私が心変わりなんかしたら、その末の松山を波が越すでしょう、それくらい私の心変わりはありえない、太陽が西から上るくらいありえない……というもの。それが事もあろうに墓場に変わっている……皮肉としか言いようがない。

それで、松島・塩釜の物語的構成に話を戻して、塩釜の宿では「塩釜の浦」「籬《まがき》が島」と歌枕を並べ、「蜑《あま》の小舟《おぶね》」「綱手かなしも」と古歌の引用を並べ、けれども自分では句を詠まない上に、歌枕的美意識とは対照的な「目盲《めくら》法師」が「琵琶を鳴らして」語る奥浄瑠璃が物語に導入される。歌枕をめぐって沈黙する詩人芭蕉と、歌枕を軽々と乗り越える曾良と、奥の田植歌と奥の浄瑠璃と……

奥浄瑠璃の「奥」はこの芸能を中央の文化に対峙させるもので、それは「ひなびたる調子打ち上げて」や「辺国の遺風」といった言葉にも示されている。調子、テンポ、装飾音といったテクニカルなレベルでの奥スタイルに加えて方言的な訛りなどもあるだろうし、またレパートリー的にもこの土地を舞台にした物語を語るのだろうと想像される。「枕近うかしましけれど」と言っているから、隣の部屋に泊まった客が「せっかくだから奥浄瑠璃が聞きたいわ」と、琵琶法師を座敷に呼んだのだろう。田植歌を芭蕉が聞いたのは偶然のことで、田植歌は田の神様に聞かせるものかもしれないが客に聞かせるものではない。

浄瑠璃は客に聞かせる芸である。せっかくの奥浄瑠璃が江戸・大坂の演目を語ったのではつまらない。

奥浄瑠璃の演目に『奥州一ノ宮御本地』という、これは塩釜明神の縁起を波乱万丈の物語に絡めて語る塩釜のご当地もの——花園の中将という弓の名人がいて、籬が島の化け物退治を命じられる。化け物は退治したが、その首を悪役に盗まれ手柄も横取りされ、中将は失意のうちに塩釜の海辺で流人の如く隠者の如く暮らしている。都に残してきた妻や子供たちを思い、ああ恨めしやと泣いてばかりいる。その間、妻や子供たちには次々と禍が降りかかる。ある日、中将のもとに一人の老人が現れ、我は天竺の偉い仏様で、実はお前は衆生《しゅじょう》済度のために遣わされこの日本に生まれたのだと告げる。中将もそんなことはいま初めて聞く。杓を一つくれて、これで地面を打てと言う。地面を打つと大きな釜が出現し、これで海の水から塩を作れと、作り方も教えてくれる。最後はハッピーエンドになって、この中将の本人も知らなかった本当の姿、塩釜明神が姿を現すというお話（『奥浄瑠璃の研究』『奥浄瑠璃集成（一）』）。『おくのほそ道』には盲目の法師がなにを語っていたか書かれていないが、まあこのような話ではないかと想像することはできる。

一方、奥に対する中央の浄瑠璃はこの頃大変革を遂げたところだった。一六八五年に近松門左衛門が竹本義太夫のために書いた『出世景清』が浄瑠璃の歴史上あまりに画期的なものだったので、それ以前の浄瑠璃は「古浄瑠璃」と呼ばれ、『出世景清』以後の「当流浄瑠璃」と区別されるようになった。「古浄瑠璃」が都会の浄瑠璃であることに変わりはないが、その古浄瑠璃の出版台本がこの頃仙台の書籍商に「システマティックに供給」され、奥浄瑠璃のレパートリー拡大に貢献したという（「初期出版界と古浄瑠璃」）。こうした流れもあるいは伊達綱村の文化振興政策と無関係ではないのかもしれないが、いずれにせよ、この結果として奥浄瑠璃は中央の古浄瑠璃の影響を大きく受けることになる。

芭蕉が塩釜で奥浄瑠璃を聞いたのはそういう時期（芭蕉の奥羽旅立ちは一六八九年）で、盲目の芸能者たちが口承で受け継いできた奥浄瑠璃と、台本ベースの古浄瑠璃の影響を受け変化する奥浄瑠璃との間に、ある種の緊張関係が生まれていたものと想像される。成田守氏は、塩釜明神の縁起を扱った現存する物語群を分析する中で、「都会的要素を持ち視覚的」な物語と「座頭の坊による唱導性の強い」物語が対立的に存在することを示し、そこに「書承と口承の分離対立があった」としている（『奥浄瑠璃の研究』）。これは古浄瑠璃台本の流入と直接の関連はないのだろうが、「口承と書承の対立」という観点では奥浄瑠璃と古浄瑠璃の問題であるとも言える。

「辺国の遺風忘れざるものから、殊勝におぼえらる」と言っているから、芭蕉が聞いたのは、座頭から座頭へと口承で伝えられてきた民衆芸能としての奥浄瑠璃だろう。浄瑠璃のスタイルそのものは、都会的洗練に慣れた芭蕉の耳には合わなかったのかもしれないが、古き昔より絶えることなく人から人へ受け継がれてきたという、そのことに深く感じ入る。

松島（塩釜）から『おくのほそ道』を振り返れば、こうした民衆芸能の無形文化財的あり方は、すでに見たように、物語モチーフとして歌枕と対立的に繰り返し扱われていた。遊行柳の田植歌は、本来田の神を祀る儀式であったものが徐々に世俗化し、宗教的性格は保持しつつも一つの芸能として今の姿となる、その長い時の流れの中で連綿と受け継がれてきたものだ。歌だけではない、田植えをする早乙女たちの手の所作のうちにも芭蕉はそのような伝統を見出していた。けれども、奥浄瑠璃がそれ以上に意味を持つのは、盲目の琵琶法師に芭蕉自らの姿が重なるからだ。

先ほどの奥浄瑠璃『一ノ宮御本地』について、成田守氏は「座頭の坊による唱導性の強い」物語というふうに表現していたが、この「唱導性」とは何だったのか……というと、話はまた勧進聖に戻って、聖や山伏が勧進をするには、人々を集めて説経をする、その説経の中で「宗教的・社会的作善をおこなうことの功徳を説」き、人々の心を動かして「作善」をする気にさせる（『高野聖』）。これが唱導というもので、勧進は「唱導という手段によってはじめて目的を達することができる」のである。唱導がうまく機能しないと勧進も成功しない。退屈な説経は誰も聞かないのが世の常だから、自然これを面白い物語に仕立てて人の心を引き付けようとする。勧進聖を馬鹿にしてバチが当たった話とか、お釈迦様や偉いお坊さんのありがたい話とか、縁起談、本地談（『塩釜一の宮本地』のような）、霊験談とか……それで、そういう言わば唱導文学というものが世俗的な物語を取り込んで一層面白くなっていくと、『平家物語』のような軍記物が生まれて、「諸行無常」を説いたりする。恋愛物語や冒険物語みたいなものも取り込んでいく。そういう「世俗的唱導」の一つが浄瑠璃になる。奥浄瑠璃を語っているのが「法師」と呼ばれているのにはそういう歴史の流れがある。それからまた、浄瑠璃に限らず、唱導文学はみな、文字を伝達の手段とするのではなく、口づてに伝えられる口承文学である。五来重は次のように書いている。

これら（文学としての唱導）が庶民に伝達されるには、語り物として口から耳へという経路をとった。したがってそこにはおのずから語り口に曲節《ふし》をつけて、聞くものを恍惚とさせる音楽的効果が必要であった。すなわち説経の芸能化である。

というわけで、説経の芸能化は唱導自体の持つロジックに導かれたものであり、逆に言えば、奥浄瑠璃のような口承芸能は勧進聖や勧進山伏の唱導が生み出したものだ、ということになる。こうして、芭蕉が聞いた奥浄瑠璃には「唱導性」が強く残されていた。「辺国の遺風忘れざるものから、殊勝におぼえらる」という感慨が生まれるのは、芭蕉がその「唱導性」を聞き取り、そこに嘗てこの辺境の地に足を運んだ放浪する聖たちの姿を見るからだ。

説経の芸能化は単に平家物語や浄瑠璃のような語り物に限られたことではない。五来重は、能の『自然居士《じねんこじ》』を「勧進聖の説経が芸能そのものであった」一例として挙げている。自然居士という名の若者は半僧半俗の聖。京都東山雲居寺《うんごじ》の造営のために七日間の勧進説法を開いて今日がその結願《けちがん》……要するに最後の日。彼が高座に上がると、スタッフが、数え年で十四、五の、ということは実際には十三、四の女の子を連れて来る。女の子は美しい小袖を寄付し、これで死んだ父母のために諷誦《ふじゅ》……要するにお経を上げてくれと頼む。実はこの少女、貧しい少女で、死んだ親を死後の苦しみから救うため人買いに身を売って小袖に替えそれで諷誦を乞うたのだった……って、十三、四の女の子がなんでそこまで、と思うけれども、人間というのは罪深いものなので死んで地獄に落ちるのがデフォルト、これを救うためには後に残された者、この場合娘が身を売ってでも作善をするしかない……と昔は信じられていた。少女は人買いに連れていかれるが、これを知った自然居士は、少女を救わねばと説法を放り出して後を追いかける。しかし、返せと言って、人買いが簡単に少女を返してくれるはずもない。あれやこれやと粘りに粘って最後は人買いも根負けするのだけれども、ただ返すのでは癪に障る。じゃあ、返す代わりに舞を舞えと言う。坊さんに下手な舞を舞わせて恥をかかせて笑おうというのではない。自然居士は舞の名手でその評判は「奥」まで聞こえていた。この「奥」は奥の田植歌の「奥」で、奥浄瑠璃の「奥」である。人買いは言う、一年《ひととせ》今のごとく説法御述べ候ひし時、いで聴衆の眠り覚まさんと、高座の上にて一さし御舞有りしこと、奥までも其聞こえ候ふ程に、一さし御舞ひ候へ。

こうして、自然居士はささらを摺り羯鼓を打って「田楽と踊念仏の結合した舞」を舞い始める……自然居士が特別に舞の上手な勧進聖というわけではなくて、勧進聖は普通にこうした芸を身に付けていて、これを唱導に利用して勧進をした。都から遠く離れた土地に芸能を持ち込むのもこうした宗教者たちだった。田楽踊や風流踊といった芸能の種が蒔かれ、地方の人々の手の中で芽を出し花を咲かせる。

8
俳諧

俳諧連歌もまたこうした芸能の一つとして地方に持ち込まれた。

『おくのほそ道』には直接名前が出てこないけれども、芭蕉の自己イメージモデルの一人と想像される飯尾宗祇は、戦国の乱れた世に廻国の旅を続けて俳諧連歌を各地に広めた連歌師。宗祇は勧進のために旅をしたのではなさそうだけれども、子供のころから相国寺に入って修行をして、身分的には自然居士と同じような半僧半俗の「喝食《かつじき》」だったようだ。相国寺を離れ連歌師となっても、宗祇法師と呼ばれ、肖像画などでも僧形で描かれている。正式に得度していない俗聖だけれども、宗教的組織に身を置かず、定住することを嫌い、ノマド的に旅をする中世の宗教者にとって、制度としての「得度」がどれほどの意味を持つのだろうか……すでに見たように、中世と近世は歴史年表的一本の縦線で断絶しているものではないので、仏頂和尚は「得度」などという「資格免許」を持たずに厳しい修行の旅を続けていた。そもそも高野聖はデフォルトで俗聖である。

宗祇が身を置いた相国寺は禅宗のお寺だが、連歌師となって「つくば山の見まほしかり」と筑波山から日光、白河へ旅する頃には、彼はかなり時宗にシフトしている。宗祇の句集『老葉《わくらば》』に、

遊行上人、常陸におわしましけるを、神無月ばかりに尋ね奉りて
袖に見よ時雨に連れし山めぐり

という箇所があって、この詞書の「遊行上人」というのは一遍から数えて十九代目くらいの時宗の上人。その遊行上人が常陸にいると知って、時雨の降る中幾つもの山を越えてわざわざ会いに行った（「宗祇――時宗（時衆）との間――」）。それで袖がびしょびしょであるという……芭蕉と同じこれも墨染の袖だろう。

中世の文芸・芸能の領域では、時宗は言わばトレンドになっていたらしい。五来重によ

れば、

鎌倉末期から室町中期にかけての時宗の普及は、なにも高野にかぎったわけではない。これは、上は貴族・武家から下は最下層民にいたるまでの幅広い支持をうけたことによるが、とくに和歌・連歌・能楽・田楽・念仏踊・狂言・茶道・花道・作庭にいたる文芸や芸能が、時宗聖あるいはその帰依者の手に帰したことにもよるのであろう。

ということだから、宗祇が時宗化していてもおかしくはない。引用文中の「高野にかぎったわけではない」とは、高野ではある時期から高野聖の完全な時宗化が進んだことを言う。時宗高野聖は、「高野山なんだから真言宗じゃなきゃダメ」という至極「近代的」な命令を徳川幕府が出す一六〇六年まで続いた。すなわち、中世という時代に、時宗の勧進聖、遊行聖、あるいは時宗の帰依者たちが、辺境へと足を運び、白河の関を越え、東北に多様な芸能や文芸を伝え広めた。ささらを摺りながら田植歌を歌い、羯鼓を打ちながら田楽を伝え、念仏踊を踊り、田楽と念仏踊の結合した舞を舞った。平家を語り、幸若を語り、浄瑠璃を語った。連歌を伝え、俳諧を伝えた。宗祇は歴史に名を残すビッグネームだけれども、そういう有名人の蔭に、数多くの旅人が、名も知らぬ芸能者が、名も残さぬ宗教者がいて、道に迷いながらも東北の地を訪れ、また道に迷いながら更に奥の道へと分け入っていった。そして、今は近世江戸時代だけれども、物語空間の中で中世を生きる俳諧師芭蕉は、まさにそうした中世的半僧半俗の芸能者の一人として「奥」の芸能の細道を辿っているのである。

こうしたコンテクストの中で、ようやく最上川・大石田での芭蕉の感動が腑に落ちるものとなる。

立石寺（山寺）で「閑かさや岩にしみ入る蝉の声」の句を得た芭蕉は、次の目的地羽黒山を目指し最上川を舟で下ろうとするが、日和が悪く河港の大石田で足止めされる。その偶然が大石田の人々との出会いを生み、乞われて俳諧の興行を催すことになった。「ここに古き俳諧の種落ちこぼれて、忘れぬ花の昔を慕い、芦角一声の心をやはらげ」、いまも手探りで俳諧を続けているものの、導いてくれる先生がいないので……と、一時の指導を頼まれたのである。乞われたので仕方なく「わりなき一巻を残し」たというのでは、その後の「このたびの風流ここに至れり」という感慨がどうにも釣り合わない。こうした感慨がどこから生まれてくるのか。

「ここに古き俳諧の種落ちこぼれて……」は一見いわゆる直接話法的に書かれているけれども、大石田の人々が実際にこんな風に話したとは考え難いので、話された内容を語り手芭蕉が語りの文になじむよう自分の言葉で書き直したものと考えられる。間接話法というのでもない、芭蕉自身の文章表現である。芭蕉自身のレジュメと言ってもいい。そしてこのレジュメが、文章自体は異なるけれども、文の構成要素的には、奥浄瑠璃についての芭蕉の感慨「辺国の遺風忘れざるものから、殊勝におぼえらる」によく似ている。「忘れぬ花の昔を慕」う大石田の人々は「辺国の遺風を忘れ」ていないのだ。それだけでも芭蕉はこれを「殊勝に」感じただろうし、「殊勝に」感じたからこそ彼らの頼みを聞き入れたのだろう。

「辺国の遺風」の「辺国」に対応するのは、少し分かり難いけれども「芦角一声の……」の部分で、これは王昭君を詠った大江朝綱という人の漢詩にある「胡角一声」のバリエーション展開らしい。

王昭君は後漢の時代の後宮の女性で、時の権力者によって政治的な取引に利用された。その意味では『おくのほそ道』の象潟のくだりに登場する西施に似ているが、王昭君の場合は、中国の宿敵とも言うべき匈奴の王の要求に応えるため、その妻として差し出された。その匈奴の地へ向かう王昭君を詠ったのが大江朝綱の詩で、モンゴルの砂漠を運ばれていく王昭君、その束の間の眠りを覚ます胡人（モンゴルの人）の角笛の冴え冴えとした音……それが「胡角一声」。

胡人の角笛では大石田には合わないから、それらしい音の感触だけ残して「芦角一声」、つまり芦笛と角笛の音と誤魔化したわけで、要するに大石田はモンゴルの砂漠のように都から万里も離れた辺境中の辺境だという……大石田の人には怒られそうだけれども、芭蕉の物語的虚構世界では大石田はそういうイメージ。

それで、大石田に偶々引き留められた芭蕉がそこで発見したのは、こんなとんでもない超辺境にさえ嘗て墨染の衣を着た無名の誰かがやって来て俳諧の種を落としていったということ。宗祇の時代だろうか、あるいはもっと後のことだろうか……いずれにせよ、その種が芽を吹き花開いたのだということ……それだけでも十分感動的な事実なのだが、それ以上に芭蕉を感動させるのは、その遠い昔の誰かから彼がいまバトンを渡されたのだということ。いま彼が、この地に新たな俳諧の種を蒔いたのだということ。やがてそれが芽を吹き花開くだろうということ。

連綿と続く芸能の流れがある。風流の流れと言ってもいい。奥の田植歌を聞いた時も、奥の浄瑠璃を聞いた時も、芭蕉は岸辺に立ってその流れを見ているだけだった。それがいま、彼自らが一人の無名の放浪者となりその流れに加わるのだという……その思いが「このたびの風流ここに至れり」という言葉に表現されている。

白河の関を越えてから、芭蕉は地方名士たちの屋敷で幾度か俳諧興行を開いているが、大石田の興行はそれとは意味合いが違う、と言うか、話のレベルが違う。旅行の大衆化により中央との交流も楽になり少々のタイムラグはあるものの江戸俳諧の情報も容易く得られる、そういう地方エリートたちとの興行は、江戸俳諧のトップランナーとしての芭蕉の「仕事」には違いなくても、それが目的ならば別に乞食巡礼の姿で山を登り岩を這う必要などなかった。中央から進出してくる印刷台本に土地の口承芸能が駆逐されようとする時代に、地方文化エリートが怪しげな歌枕テーマパークを建設しようと思いつく時代に、あくまでも中世的枠組みの中で歩き続けてきた主人公の一つの到達点、それがこの最上川の舟着き場だったのだと、彼はここで初めてそのことを知らされるのである。山寺での「覚醒」と大石田での「啓示」を経て、芭蕉は、紛れもない廻国の修行者、放浪する芸能者としての自己を実現するのであり、中世という時代を歩き続けたあまたの勧進聖たちの長い列に名実ともに連なるのである。伊達や酔狂で墨染の衣を着ているのではない。

大石田から舟に乗って最上川を下る……この最上川というのがプレミアムな歌枕で、よく「稲舟」とセットで詠われる。「白糸の滝」も歌枕。けれども、われらが乞食巡礼は立石寺と大石田での経験を経て新たなフェーズへとレベルアップしているから、もはや歌枕に動揺することはない。口を閉じて悶々とすることもなく、曾良に代わりの句を詠んでもらうこともない。なんの屈託もなく、堂々たる趣で、最上川の句が詠まれる。

五月雨を集めて早し最上川

「稲舟」も「白糸の滝」も名所図会のキャプション風に淡々と紹介されるばかりである。

ちなみに、歌枕としての最上川は、例によって最上川に行ったことも見たこともない都人が言葉遊びのために詠み込むケースが多いわけだけれども、そもそも最上川と稲舟が最初に詠われたのは東歌《あずまうた》の中で、東歌というのは都から遠く離れた東の国（東北地方も含まれる）の土地の人々がリアルな背景とリアルな生活の中で詠った歌。その東歌が『古今和歌集』に載って有名になった。

最上川　上れば下る　稲舟の
　いなにはあらず　この月ばかり

「最上川上れば下る稲舟の」はその次の「いな（否）」を導くためのレトリックだけれど、言葉遊びだけで内容がないわけではなく、稲舟が上り下りするということは、稲の収穫が終わって土地の若者たちには祭の季節、つまり恋の季節が巡ってきたということ。恋の歌というとロマンチックな恋心を連想しがちだけれども、古代の恋はエロスの世界だから、若者が恋を語ればそれはセックスしましょうということで、娘の方も同じベースに乗っているから、そのつもりでイエスかノーかを答える。この歌の場合は少し複雑で、ノーではないのだけれども、じゃあイエスかと言えば、いや、この月ばかりは……月のものでダメなんだよ、だから少し待ってという……男の詠んだ歌なのか女の詠んだ歌なのか、いずれにしても、生理を三十一文字にストレートに詠み込んで詩を創れるという、そのことに目が覚める思いがする。最後の七文字が落ちになって男も女もそこでどっと笑う……というような、なにかそういう歌なのかもしれないが、それにしても、辺境中の辺境のはずが十世紀の初めにこの芸能レベルはなにゆえと思うし、また、この地にそんな芸能の種を落としていったのは誰か、やはり廻国の聖のような存在であったのかと思うと、奥の芸能の流れの奥深さに驚かされる。

最上川を下りながら芭蕉がなにを思っていたかについては、物語は沈黙したままで、ただ「五月雨を……」の句が与えられているばかりだが、風流の流れの奥深さを思えば、この淡々とした最上川の描写のうちにも、なにか大きな象徴性のようなものを読み取りたくなる。陸奥を源流とする川が、山形を水上とする川が、一つまた一つと合流し、やがて最上の大きな流れとなる。白糸の滝を始め最上四十八滝と言われるほどに数多くの滝が青葉の隙々《ひまひま》に落ち、それもまた最上川となって流れていく。五月雨は最上川の上に降るばかりではない。陸奥の支流にも出羽の支流にも等しく降り、糸のような滝の上にも降り注ぐ。そのすべてを集めるからこそ、この最上の流れの圧倒的な速さが生み出される……そういう最上川の長大な生々流転のイメージこそ、連綿と続く奥の芸能の歴史を象徴するに相応しい。

9

義経

最上川を下る舟からの景色で白糸の滝と並んで名所紹介風に名前が挙がっている仙人堂、これは常陸坊海尊という人が人魚の肉を食べて仙人となり何百年も生きた、その仙人を祀るお堂。人魚と言ってもディズニーのマーメイド的美女ではなくて、人面魚がもう少し複雑に怪獣化したようなイメージ……赤身のお肉だったらしい。

この常陸坊海尊は義経の家来で、北国落ちの時に勧進山伏の恰好で平泉までお供をした一人。『義経記』では、学問は得意だけれども暴力は苦手で、なにかあるととりあえず先に逃げるキャラ設定。衣川の戦いの日も朝から何人かのグループで近くの山寺にお参りすると言って出たきり行方が分からなくなっている。義経を始め兵《つわもの》どもの最後に立ち会ってはいないのだが、むしろそれを生き延びたという奇跡的経歴によってその後何百年も生きる運命を背負った。

舟の上から仙人堂を眺めながら芭蕉は義経たちを思ったに違いない……と言うか、平泉の夏草の上に笠を打ち敷き時の移るまで涙を落していた芭蕉のことだから、仙人堂を見なくても、最上川を舟で下る段階で義経のことを思っていたはずである。

『義経記』によれば、義経一行は芭蕉たちとは逆に最上川の流れを上って行った。雪解けの水は急流となり、これを遡る舟はなかなか進まない。流れが速いので白糸の滝には寄らず見るだけで通り過ぎますよ、と北の方が歌を詠む。夜月明りに見たらきっと奇麗でしょうね、とまた歌を詠む。稲舟の話も出てくる。ただし仙人堂は当然ながらまだ建っていない。海尊は皆と一緒に舟に乗っていて、俺ならもっと上手に舟を操るんだが、などと考えていたかもしれない。

お堂が建っているくらいだから信仰の対象であるわけだけれども、いまここで興味を引くのは海尊の語り部としての側面である。衣川の合戦を生き延びた海尊は、その後何百年もの間「私が見たこと」として義経の物語を語り続けた。これがどこかの大法螺吹きの根も葉もない作り話というのでもなくて、実際に東北のあちらこちらに姿を現しその痕跡を残している。一六八二年には、仙台岩切の青麻《あおそ》権現の岩窟にやって来たという記録がある。われは常陸坊海尊で、今は清悦と名乗っていると言った（「東北文学の研究」）。岩切と言えば、例の「奥の細道」と十符の菅のあった場所で、芭蕉がここを訪れたのが一六九二年だから、かなりなニアミスになる。海尊は芭蕉の同時代人と言ってもいいくらいである。

仙人ならば何百年生きても不思議ではないが、まあ普通に考えれば、この海尊というのは一人の人物ではなく、集合的な存在としての語り部、つまり複数の語り部が時空を超えて同じ一人の海尊という存在を言わば勝手に継承し続けたもの、ということになるだろう。けれども、海尊の物語を聞く民衆はこれを海尊が実際に見てきた話として聞いた。常陸坊海尊が今もそこに生きているものとして聞いたのである。海尊のような存在に時を越えて語り続けさせるものはむしろ聴衆側の欲望……是非とも本人の口から真実の物語を聞きたいと願う聴衆の欲望なのだと言えなくもない。

柳田国男は、物語がまだ文字で書かれていなかった時代について次のように書いている（「東北文学の研究」）。

記録と縁のない人々には語り事を信ずる必要があった。ただし昔の人々の事実認定には、噂と実験との明らかなる差別があって、現に私が知っているという類の言葉でないと、これを信ずることができなかったものかと思う。

物語の語り手が「これは私自身が見てきた」として語ること、それが物語のいわゆるエビデンスだったのである。

仙人になって破格の長寿を得なければ、何百年も前の物語を語って聴衆から事実と認定されるのは困難だったのかと言うと、そうでもなくて、口寄せをする者たちがいた。今でもイタコの口寄せは有名だけれども、そういうスキルと言うのか体質と言うのか、そういうものの備わった人に霊が憑依して「われこそは義経なるぞ」と物語を始めれば、それが立派なエビデンスとなった。巫女は義経の物語を語らないだろうが、盲目の琵琶法師はそうした「神と人との間に立」つべく選ばれた者たちの末裔であった。

有名な「耳無し芳一」の話などはこうちょっと近代的に一捻りしてあって、平家の亡霊は、琵琶法師の口を借りて物語を語るのではなく、ちゃっかりと聴衆側に陣取って涙を流しているけれども、死者の霊魂が口寄せの身体を媒介として自分たちの物語を伝えていた時代は長く続いたのである。古戦場にはそうした死者の魂が語り部の出現を待ちわびていて、ぼんやりした旅行者がやって来るとこれに憑依して物語を語ろうとする。『笈の小文』の尻切れ蜻蛉な終わり方はまさにそういう平家の亡霊たちの仕業に違いない。『笈の小文』はそもそも構成が破綻していて、恋しき杜国と伊勢で待ち合わせてから桜咲く吉野道行の物語が始まったかと思う間もなく、例の吉野の桜を見ても句が詠めないあたりから詩人の心と一緒に物語も迷走を続け、焦点の定まらぬまま何時しか一の谷の古戦場を見下ろしている。須磨の浦はやっぱり秋が旬だから夏には上手く句が詠めないなどと相変わらず文学的スノビズムに囚われたまま、「わが心匠《しんしょう》の拙な」さゆえと分かっていても、松風だ村雨だと文学的教養を陳列している、その心の隙を突かれて憑依されてしまったのだろう。自らの物語を放り出した芭蕉は、一人の琵琶法師となって、海へと逃れる平家の物語を延々と語り始めるのだ。舟に逃れる平家の公達よろしく浜辺に積み残した数々の問題は、そっくり『おくのほそ道』に持ち越されることになった。

東北の各地で語られていた種々の義経系語り物を都に集めて手慣れた都人の手で編集制

作したのが現在の形の『義経記』で、その結果、物語は超越的話者によって語られる三人称形式のものになっているが、本来は「当時見ていたと称する人の直話体」で語られていたと考えられる。一人称こそが唱導から生まれた文芸の基本形式であるからだ。一人称がなぜ唱導文学の基本形かと言えば、それは「唱導文学の伝統が古代のシャーマニズムにつながるもの」（『高野聖』）だからだ。

勧進聖や勧進巫女は人々を集めて勧進するわけだが、その一つの形として、非業の死を遂げた人や罪業の深い人、例えば俊寛僧都だとか和泉式部だとか、そういう有名な人物を供養する大念仏法会を催す。集まった人々は金品を出してこの念仏供養に結縁《けちえん》する。結縁する人が多ければ功徳の力も大きくなって死者の滅罪鎮魂も成功するし、大きくなった功徳の力は結縁した人の一人ひとりにも増幅されて返ってきて、死んだ親とか兄弟とかそういう人の滅罪鎮魂もできるという、いわゆるウィンウィンの関係になる。

その唱導の過程で、聖や巫女は問題の死者を口寄せで呼び出して生前の出来事を語らせる。呼び出された亡霊は呼び出した者に憑依して、「われは俊寛僧都にて候」とか「小野小町にて候」とか一人称で語り始める。能の後シテが旅の僧の念仏に呼び出されて「われは……」と一人称で生前を語りだすのと同じである。この形が、つまり、唱導文学の基本形となった。

それで、さらに、口寄せで出現した亡霊が大きな功力《くりき》で成仏すれば、そこに墓を作ってこれを供養することになるから、日本中のあちこちに俊寛や和泉式部や小野小町の墓が作られて残ることになる……『おくのほそ道』の後半部、象潟のくだりに、神功皇后の墓がこの地にあるのはどうしてなのかと芭蕉が不思議がる……と言うか、不思議がる振りをする箇所があるが、これは要するに、勧進巫女がその昔象潟までやって来たということで、口寄せをして「われこそは神功皇后なり……」と一人称で物語を語った後に、勧進供養が成就してその場に墓が残った。

塩釜の宿で芭蕉が聞いた奥浄瑠璃は一人称で語られていたのか……と想像してみるのも面白い。『おくのほそ道』の解説書などで芭蕉はよく、能に出てくる諸国行脚の僧に喩えられているが、偶然泊まった部屋の隣で、冥界から呼び出された魂が琵琶法師の口を借りて己が物語を語っている……といった展開になれば、それはまさに夢幻能の仕立てになる。

塩釜で語られていた浄瑠璃の演目は分からないのだけれども、それがもしテクストの形で今日まで伝わっているとすれば、どんな演目であれ、それは歴史のある時点で書写されたということで、口承文芸が書写されてテクストとなる場合、その書写の段階で、書承文芸の常識や無意識の規範といった様々なバイアスがテクスト以前の形を大きく歪めてしまっていると考えられる。書承文芸と口承文芸は定住者とノマドのように異質な世界に属すものであり、ノマドは遅かれ早かれ定住者によって駆逐されていく。

しかし、書写された後も、辺境にあってはなおしばらく、場所によりまた語り手により絶えず浮動し変容し続けながらも、物語は本来のプラットフォーム上で語られていたかもしれない。元禄の世にも岩屋ごもりをする者はいるし、常陸坊海尊は放浪を続けている。都会では想像もつかないそうしたノマド文芸の世界に触れるためには、江戸を発ち白河の関を越えて、自ら辺境の地に足を踏み入れる必要があった。旅立ちの動機はともあれ、これらが主人公芭蕉は自らノマドとなることで別世界の文芸、別次元の芸能を否応なく発見することになったと言える。

塩釜の琵琶法師の演目については明示されていないわけだから、それを義経系の奥浄瑠璃と想像していけないわけではない。塩釜は義経的な場所ではないが、塩釜明神の宝灯は藤原忠衡の寄進したもの。宝灯に刻まれた文字から五百年前の俤が目の前に浮かび……というあたりが壺の碑を思い出させるけれども、ここでは「古人の心」というよりも、最後まで義経に忠義立てをして兄泰衡と戦った忠衡の「勇義忠孝」に焦点が当てられていて、そうなると、物語的には塩釜のくだりにも義経のモチーフが挿入されていることになるわけで、浄瑠璃も義経ものでいけなくはない。平曲でもない幸若舞でもないと言っているから、同じ義経系物語でも語りのジャンルが違うという意味にも取れなくはない。いずれにせよ想像の域を出ないわけだけども、まあ、塩釜という場所的にはやはり塩釜明神の縁起のような演目がしっくりくる。

『おくのほそ道』における義経的な場所と言えば、平泉を別格にして、すでに見た最上川と、そして佐藤庄司の城跡がある飯塚の里。芭蕉は城跡を巡りながら感動の涙を流した。

佐藤元治（庄司は肩書）は藤原秀衡の家臣で、継信・忠信兄弟の父親。継信・忠信は義経の家来になって、メジャーな義経物では大活躍をするヒーロー的人物だが、マイナーと言うかローカルな『義経記』では、忠信はそこそこの活躍があるものの、継信にいたってはほとんど登場することもない。義経の北国落ちの際には二人とも既に戦死していて勧進山伏には加わっていない。けれども佐藤兄弟の地元では、地元出身のヒーローということで大変に人気があって、佐藤姓を名乗る家では誰もが自分たちは佐藤継信・忠信の末裔だと信じて疑わないようになった……というようなことを柳田国男は書いている。

十六世紀の終わり頃、白河の座頭が「尼公物語」という東北訛りの浄瑠璃を語っていたという記録が残っている（「初期出版界と古浄瑠璃」）。この尼公というのは佐藤兄弟の母親。花のような息子二人が義経に従ったばかりに若くして戦死してしまい、悲しくもあり無念でもあり……ということで、とにかく今は尼になっている。その尼公の住む屋敷の前を、山伏姿の義経一行が偶然通りかかって一夜の宿を借りるという話。尼公は『義経記』にも登場するが、こちらは、義経が平泉に到着した後、佐藤兄弟の追悼供養をするので、尼公にも声をかけて平泉まで来てもらうという筋立てになっている。勿論、尼公が平泉まで出かけていくよりも、義経一行が佐藤兄弟の地元を通りかかり……という設定の方が地元の聴衆には好ましかったに違いない。

「尼公物語」は現在『奥浄瑠璃集　翻刻と解題〈復刊〉』に収められているのを読むこと

ができるが、これも口承で語られていた物語の一つのバージョンをある時点で書写したものだから、白河の座頭が十六世紀に語っていたものとどういう関係になるのか分からない。けれども、幸若舞の「八島」も「尼公物語」とよく似た話の作りなので（『幸若舞2 景清・高館他』）、奥浄瑠璃とか幸若舞とか、そういうジャンルの問題はともかく、こういう物語が東北の語り部によって語られていたのだろうと想像はできる。十六世紀に語られていたのはそういう物語で、それは芭蕉が白河から信夫の里、飯塚の里と訪れていた十七世紀にもあるいはその辺りで語られ続けていたかもしれない。

それで、その「尼公物語」あるいは「八島」の語りでいま興味を引くのは、語りが二重構造になっていること。息子が死んだとは聞いているがどういう状況でどんな風に死んだのか分からない、もし知っているなら聞かせて欲しいという尼公の求めに応じて、弁慶が継信・忠信の物語を「私が見てきたこと」として語る。幸若舞のタイトルは「八島」だけれども、これは八島（屋島）の戦いの物語ではなく、八島の戦いを弁慶が語る、その物語の物語なのである。唱導文学の基本形である一人称の語りを入れ子構造にして語り部の語りに組み込んでいる、とも言えるだろうし、語り部の口を借りて弁慶が一人称で自分の見たことを語る、言わば口寄せ的構造の物語である、とも言えなくはない。

語りの二重構造という点でもう一つ面白いのは、語る者と聞く者の立場を逆転させて、尼公が弁慶に物語を語る場面。弁慶に語ると言っても、弁慶たちは最初あくまでも自分達は山伏の一行で義経とは無関係と主張しているので、尼公は「都人」というなにか抽象的な枠組みの聴衆に向かって自分が見てきた自分の家族の話をする。言い換えれば、都会から来た人に佐藤一家のローカルにしてプライベートな物語を語る。息子を戦場に送り出す父親佐藤庄司の悲しみ、父親が息子に諭す戦士の心得、そして息子たちとの別れ……さらに、継信・忠信兄弟凱陣の時にと新調しておいたそれぞれ小桜縅《おどし》と卯の花縅の鎧を、兄弟二人の妻に着せて中門に立たせ、死の床にある庄司に「あれ御覧じよ我夫《わがつま》、兄弟都より下りて候」と息子たちの幻を見せたこと……この鎧を着た二人の妻の物語には芭蕉もとりわけ心を動かされ涙で袂を濡らした。鎧姿の妻の話は『義経記』にもなく、また「尼公物語」と似た筋立てをもつ能の「摂待」にもない。もともと佐藤兄弟の地元周辺で語られていたローカルなエピソードなのだろう。芭蕉もこの場所に来て初めて知った。

鎧姿の妻の話に限らず、「これ庄司が旧館なり、麓に大手の跡など、人の教ゆるにまかせて涙を落とし」たのは、この「佐藤庄司が旧館」という場所に充填された物語に芭蕉が感動したからである。「人の教ゆるにまかせて……」というのは、ただ場所を教えてくれたのか、その際物語の断片も語ってくれたのか、いずれにしても、物語の全体は一家の石碑に書かれていたものを芭蕉が読んだ。そのテクストは、尼公が都人に語った物語、あるいは座頭から座頭へと語り伝えられた物語、その物語を石の上に書写したものということになる。

『おくのほそ道』の注釈書などを見ると、そのような石碑は実際には存在しないので、芭蕉が別な所で鎧姿の二人の妻の木像を見た、それと混同したのでは……みたいなことが書かれていたりするけれども、いくらなんでも石碑と木像の記憶を混同するはずもない。木像の方は『おくのほそ道』の物語には出てこないのだし、石碑はあくまでも石碑として、その意味は物語の中に探るべきだろう。石碑が現実に存在しないとすれば、それはむしろ、地元の語り部が地元の聴衆と作るライブな場の中で生まれ育ち伝えられてきた物語（口承文芸）が、書承文芸の一切のバイアスからフリーな状態で石の上に書写された、言わば理想のテクストである……と想像することもできる。

白河の関の田植歌、塩釜の奥浄瑠璃、どちらも奥の芸能を辿る旅の重要な中継地点であり、最終的に大石田でのクライマックスへと続いている。その田植歌と奥浄瑠璃の間に、飯塚の里における東北の文芸との遭遇というもう一つの中継点が存在している。そういう芸能の旅というコンテクストで見れば、先ずテクストの形式で触れた東北の物語を、その本来の姿であるライブパフォーマンスとして体験するのが塩釜の宿だと言うこともできるだろう。また、義経系モチーフを物語の中に辿るならば、佐藤庄司の城跡は、もう一つの城跡である平泉高館というクライマックスを準備するためのモチーフ導入部に当たるとも言える。義経の太刀と弁慶の笈が当然のように五月の句に詠み込まれる。

笈も太刀も五月に飾れ紙幟

白河の関を越えたい、松島の月を見たい、そういう歌枕がらみの動機はこの旅の初めから表明されていたけれども、平泉に行きたい、高館に登りたい、などとは一言も書かれていなかった。それが、松島以後は、歌枕の呪縛が解けていくのと入れ替わりに、義経への思いが強くなる。平泉という場所が主人公を引き付ける。一時道に迷って石巻に入り込んでしまうものの、平泉までの二十余里をほぼ一気に駆け抜けるような印象さえある。

平泉高館の物語は『義経記』で読むことができる。『義経記』と一口に言っても、いろいろな語り手が語ったものを統一なく集めたものだし、その語り手というのも机の前に一人座ってあれこれと書き進めたわけではなくて、ライブパフォーマンスとして語る中で、その場（地方）の聴衆とともに作り上げた物語だから、そもそも主人公役が一貫していない……ということを柳田国男は「東北文学の研究」で書いている。それに従えば、義経が主人公であるのは前半分に限られ、その後は佐藤忠信が主人公になったり、静御前が主人公になったりした後で、高館の主人公は鈴木兄弟と兼房ということになる。

鈴木兄弟というのは、鈴木三郎とその弟亀井六郎で、亀井の方は義経の北国落ちに同行しているが、兄の方は衣川の戦いの前日になって義経に合流した。彼は頼朝から所領をもらって落ち着いていたのだが、頼朝が義経討伐に踏み切ったと聞いて所領を放り出して義経とともに死のうと覚悟を決めてやって来たという、義経ファンには非常に好ましい人物。柳田によれば、東北の辺土の暮らしは熊野修験との交渉が多く、『義経記』に山伏のことが詳しいのはそのせいらしいが、鈴木氏はもともと熊野神人の御三家の一つで、その流れを汲む者が平泉周辺にも多くいて、これが佐藤兄弟の末裔と同様、自分たちがその末裔と信じる鈴木兄弟の活躍を物語に求めた。そういうわけで、鈴木三郎は滑り込みで義経とともに戦うことになる。幸若舞の「高館」などでも鈴木兄弟の活躍は華々しく（『幸若舞2景清・高館他』）、奥浄瑠璃にせよ幸若舞にせよ、そういう鈴木兄弟をフィーチャーした物語が東北で多く語られていたものと考えられる。勿論義経も弁慶もちゃんと登場して、弁慶は立ち往生を遂げるわけだし、義経は遂に自害をするのだけれども……

兼房は曾良の句「卯の花に……」に登場する人物。稚児姿で北国落ちを共にした北の方、兼房はその北の方がまだ小さかった頃からお世話をしてきた、お姫様の忠実な執事と言うのか爺やと言うのか、そういう存在。北の方が義経と一緒に行くと言い張るので兼房も付いて来た。義経の切腹を知った北の方が、私も一緒に死ぬ、さあ兼房、私を殺せと迫るけれども、わたくしにはできません、なにを意気地のない……みたいなやり取りがあって、ついに北の方を刺し、それから若君と生まれたばかりの姫君をやはり刺し殺して、高館の中を走り回って火を付けると、そこへ現れた敵の大将を倒して、炎の中に飛び込んでいく……という、今の人形浄瑠璃でイメージしてみても大変な見せ場……まさに主役という名に相応しい。

『義経記』は東北文学と言えるものだけれども、その物語は芭蕉もすでに知っていたはずだから、高館のくだりは東北文学の発見というのとはまたテーマが違う。夏草の上で時を忘れて涙を落としていたのは、佐藤庄司の城跡でと同じく、物語の場で物語を思い物語に感動していたということだろうが、ここでは、芭蕉がその物語との間にどのようなスタンスを取るのかということが問題になる。『笈の小文』の終わりで平家の亡霊に心を奪われた芭蕉は自らの物語を作りかけのまま放擲してしまった。『笈の小文』は未完の作品というよりはうことになるが、その後に『おくのほそ道』が書かれるのなら、未完の作品といえ『おくのほそ道』を準備するための実験的な草稿だったと見なすこともできる。かつて崖の上から一の谷を見下ろしていた時と同じように、芭蕉はいま衣川の戦場を見下ろしている……

歌枕とは場所のことである。歌枕に囚われるのは場所に囚われることでもある。歌枕から解放されても、場所の亡霊に囚われたのでは始まらない。「捨身無常」を旨として遊行巡礼を続けるものはなによりも場所に囚われてはならないのだ。一つの場所に留まってはならない。勧進聖が亡霊を呼び出すとすれば、それは亡霊を鎮めるためである。鎮魂と供養が終われば、塚を建ててその場から立ち去らなければならない。

　夏草や兵どもが夢の跡

わずか十七文字の句が鎮魂の歌となり得ることを、芭蕉はこの高館において見事に示したのだと言えるだろう。兵どもの物語が終われば夢は覚める。すべての夢は覚めるのだし、すべてのものは夢だから……鎮魂の歌が無常を説くのなら、それは同時に、唱導の歌でもある。あとはただ夏草に委ね、その場を立ち去ればいい。

曾良は……曾良は、白河の関でと同じように、卯の花に目を留める。やはり髪と、そして兼房を三題噺のように綴り合せて、

　卯の花に兼房見ゆる白毛かな

と詠う。先生、高館と言ったらやっぱり兼房の見せ場でしょう……

五月雨に濡れる鞘堂が宿すのは義経たちの物語か、最上川の岸辺でやはり五月雨に濡れているもう一つのお堂と遠く響き合うかのようだ。

10
遊女

湯殿山を下りて、『おくのほそ道』の前半部、「奥の部」とも呼ぶべき物語は終わる。これから歩くのは日本海の沿岸で、タイトルはそのままだけれども、もはや奥の細道ではない。仏頂和尚は「乞食頭陀つかまつり一筋に修行、もっとも又成就の後は、応分、人の為にもまかり成り……」と考えて出家をした。「奥の部」における修行成就の後、主人公芭蕉は仏門には入らないが、詩人としての新たなフェーズに入る。歌枕への執着はなく、けれどもこれを拒むでもなく、こだわりも屈託もなく、「象潟や」と句に詠み込む。海辺の道、最初の歌枕は象潟。

象潟や雨に西施がねぶの花

西施というのは中国の女性の名前。なぜ西施の名前がここに出てくるのかというと、芭蕉が象潟の描写をするのに中国の詩からインスピレーションを受けている、その中に蘇東坡（あるいは蘇軾）の西湖を詠った詩もあって、そこに「西湖を西施に喩えるとすれば……」というフレーズがあるから。西湖は晴れでもいいし、また雨が降ってもいい。西湖を西施に喩えるならば、薄化粧の時の西施もいいし、濃いメイクの時もやっぱりいい……実は、松島の描写でもこの同じ蘇東坡の詩を下敷きにしていて、松島の美しい景色は「美人の顔《かんばせ》を粧《よそほ》ふ」と、美人の化粧した顔まで出してきて、しかし西施の名前は出していなかった。西施のイメージが象潟には合うけれども松島には合わない、と言うことか。

注釈などでは、西施は「美人だ、美人だ」と言われるだけで、あくまでも「美人枠」にとどまってその枠を出ないようなのだが、それではあまりにつまらない。だったら、西施じゃなくても楊貴妃でもクレオパトラでもいいのか、ということになる。

西施は、中国の春秋時代、と言うから紀元前五世紀の人。呉越同舟という言葉で有名な呉の国と越の国が戦っていた時に、越の王様が呉に送り込んだファムファタル系女スパイ、あるいはトロイの木馬型美人ウイルス。呉の王は西施に夢中になって王様業の方が疎かになり、その結果、呉は越に滅ぼされてしまう。国を亡ぼすくらいの美人というのはどういう美人なのか想像もつかないけれども、とにかくこういう美人を「傾国」とか「傾城《けいせい》」と言ったりする。一瞥で城を傾け、次の一瞥で国を傾けてしまうというようなものすごい美人……芭蕉の文中では「松島はわらふがごとし、象潟はうらむがごとし」と言っているから、西施の美しさも「うらむがごと」き美しさなのだろうか……

この「傾城」「傾国」は日本では遊女の意味で使われて、江戸時代の歌舞伎・浄瑠璃には「傾城……」というタイトルのものが数多くある。歌舞伎の傾城物は元禄歌舞伎がその始まりらしいので、「傾城」という言葉を耳にすれば芭蕉もそういう芝居の遊女を連想しただろう。窓辺で降る雨を眺めていた西施が、まだ眠たそうな一瞥をこちらに投げかける、その憂いに沈む様子、寂しさに悲しみを加えたような様子は、ただの「美人」ではない、美しき遊女の面影である。

西施関連の伝説はいろいろあり矛盾したものもあるが、彼女は、越の「傾城作戦」にリクルートされる前は貧しい薪売りの娘だったので、川に行って洗濯をしていた。着物が濡れないように膝の辺りまで裾をまくって水に脚を入れると、それがあまりに美しいので、魚が見惚れて泳ぐのを忘れて沈んだという……図像的には「沈魚美人」というらしい。嘘に決まっているけれども、嘘もここまでいくと感心するしかない。芭蕉がそんな話を聞いていたのかどうか……連句の師匠というのは言葉や名前に潜むいろいろな意味の広がりの可能性をできるだけ押さえておくのが仕事だから、西施の名前を出すからにはそのくらいは知っていたかもしれない。そうすると、

汐越や鶴脛ぬれて海涼し

の句には、そういう西施のイメージが重ねられているのかと思いたくなる。曾良は松島で「鶴に身を借れほととぎす」と詠んだが、象潟で鶴に身を借りているのは実は西施かもしれない。

『梁塵秘抄』に「常に恋するもの」を歌った今様が載っている。「常に恋するもの」を一つひとつ数え歌形式で歌ったもので、白拍子などは「歌う」ことを「歌ふ」ではなく「数ふ」というくらい数え歌が歌われるが、今様にもそういうものがあって、

常に恋するは　空には織女流星《たなばたよばひぼし》
野辺には山鳥　秋は鹿
流れの君達《きうだち》　冬は鴛鴦《をし》

と歌う。「流れの君達」というのは遊女のことで、なぜ「流れの……」というのかは一旦置いておいて、面白いのは、この今様の「常に恋するもの」に「数え」られているうちの、遊女、七夕の織姫彦星、鴛鴦《おしどり》の三つが、象潟、越後路、市振と続く日本海最初の三つのセクションで取り上げられていること。と言うか、むしろそれ以外は「病おこりて事をしるさず」という言い訳のもとにほぼ省略されていること。

遊女のテーマは市振で出てくるとされているが、西施に重ねられて既に象潟に出てきている。越後路のくだりは、酒田を出て市振に着きました、体調不良により物語は特になしです、と書かれているだけで、あとはすべて七夕関連の二つの句に委ねられている。鴛鴦はそのままの形では出てこないが、象潟で詠まれる句の中に、そのバリエーションとして鶚《みさご》というのが出てきて、これが鴛鴦と同じく雌雄の仲睦まじい鳥とされる。

波越えぬ契りありてやみさごの巣

男女のかたい契りを詠う例の「末の松山波越さじ」をベースにして、荒海に浮かぶ岩の上に巣を作るあの鶚の夫婦も「波越えぬ契り」あってのことだろうかと詠む、曾良の句である。

清少納言や吉田兼好が「常に恋するは……」と言っているのではないし、別に芭蕉がこの今様を下敷きにしているとか言いたいわけではなくて、今様で歌われていたということは、民衆の間にそういう「常に恋するもの」のイメージがあって、これは時代が移っても、民衆芸能の中にやはりそういうイメージが生き続けていて、それが芭蕉にインスピレーションを与えているのでは……ということである。少なくとも、遊女、織姫彦星、鶚（鴛鴦）というふうに今様的恋のテーマがここに三つ揃っているのにはそれなりの意味があるのだろう。

それで、遊女をどうして「流れの君達」と呼んでいるのかということだけれども、この歌が歌われた頃には、彼女たちは舟に乗ってやって来た……谷崎潤一郎の『蘆刈』という短編に、初老の男が一人淀川の中州に腰を下ろし十五夜の月を眺めている場面があって、そこに舟でやって来る遊女たちへの一種のオマージュが美しく書かれているので、それが「流れの君達」をイメージするのにちょうどよい。男はその場所に潜む霊と言うのか精と言うのかそういう者たちの遠い声に耳を傾けている。川下の方にはかつて江口や神崎といった遊郭があったから、「小葦分け舟をあやつりながらここらあたりを徘徊した遊女も少なくなかったであろう」と彼は想像する。そして、「おのれを生身《しょうじん》の普賢になぞらえまたあるときは貴い上人にさえ礼拝されたという女どものすがたをふたたびこの流れのうえにしばしうたかたの結ばれるが如く浮かべることはできないであろうか」と願う。

もう少し具体的なイメージが欲しい場合は、『法然上人絵伝』の中に、法然一行が舟で播磨国の室《むろ》の港に入った時、小舟に乗った遊女が近づいて来る場面が描かれている。法然に近づくため特別に舟に乗って来たというのではなく、これが「流れの君達」の基本の姿で、二人の侍女のうち一人は艫で櫂を漕ぎ、一人は大きな日傘を差しかけている。遊女が小脇に鼓を抱えているのは、彼女たちは芸能者でもあって、舞を舞い歌を歌う。今様だったり白拍子だったり、また、即興で歌を詠み、歌いながら舞を舞う。西行が江口遊女（こちらは舟に乗ってない）に歌を掛けて当意即妙の返歌で一本取られるのも、それが彼女たちの基本スキルだからである。能の『江口』では後半で、江口の君がやはり二人の侍女を伴い舟に乗って現れるが、能の小道具の舟だから、こちらは全然イメージはわかない。
『梁塵秘抄』の別な今様に、

遊女《あそび》の好むもの　雑芸《ぞうげい》　鼓　小端船《こはしぶね》
大傘翳《かざ》し　艫取女《ともとりめ》　男の愛祈る百大夫《ひゃくだいふ》

と数えたものがあって、こちらは『法然上人絵伝』の絵に描かれた遊女の姿にほぼ重なっている。象潟に舟を浮かべた芭蕉は、水面の上に二人の侍女を伴って現れる西施の幻影を、あるいは見ていたかもしれない。

象潟では遊女の面影はただ文学的空間に漂うばかりだけれども、市振では実際に登場する。宿の隣の部屋に遊女が泊まっていて、その話し声が聞こえてくる。「白波の寄する汀《なぎさ》業因《ごういん》いかに身をはふらかし、海士《あま》のこの世をあさましう下りて、定めなき契り、日々のつたなし」などと言っているのを聞きながら主人公は寝入ってしまった。

遊女の台詞がいかにも芝居風でどうなのかと思うけれども、この市振の設定は塩釜の奥浄瑠璃の時と同じで、隣の部屋から盲目法師の語りが聞こえてくる代わりに、ここでは遊女たちが「物語する」のが聞こえてくるわけで、芭蕉は能に出て来る諸国行脚の僧よろしく聞いているのだから芝居風でいいのかもしれない。いずれにせよ、芝居風なのは、遊女の台詞が直接話法で書かれたものというよりは、芭蕉自身の作った文章だからで、これは『和漢朗詠集』に載っている（『新古今和歌集』に再録）詠み人の分からない歌、

白波の　寄するなぎさに　世をすぐす

あまの子なれば　宿も定めず

をそのまま下敷きにしている。詠み人不明だけれども、歌の話者は遊女で、白波の寄せる渚で生きている海士の子なので定まった住処もなく漂泊する身の上だ、と言っている。今日はどこの宿に泊まるのだと聞かれた遊女が、やはり当意即妙に、そんなことは知らなみ

（波）の……と返した。「渚に世を過ごす」とは、やはり舟に乗って……ということだろう。舟に乗って日々を送っているから「海士の子」と洒落ているのか、いずれにせよ、これ以降「海士の子」とは遊女を指すようになって、芭蕉も「海士のこ（子）の世の……」と書いているわけである。「身をはふらかし」とか「あさましう下りて」とか「業因いかにつたなし」とかネガティブな表現満載だけれども、これも遊女のことが語られる際の常套表現と言っていいだろう。

『撰集抄』巻九第八の「江口遊女事」は、例の西行と江口遊女の歌のやり取りを膨らませて短い物語に仕立てたもので、市振のくだりを書くにあたって芭蕉もインスピレーションを受けていると想像されるが、例えばそこにも、「子供の頃に遊女になり、それからずっとこんなことをして、女はただでさえ罪深いとされているのに、その上に遊女になるとは、本当にどんな前世の宿業か……」みたいな台詞があって、遊女が自分のことを話すとどうしても芝居のようになるのは、書き手が男だからなのか……どうかは分からないけれども……

江口遊女と西行の話を能に仕立てたのが『江口』で、観阿弥の原作に世阿弥が手を加えたということらしいけれども、こちらにはそういうネガティブな表現はなくて、そもそも江口遊女は普賢菩薩に他ならず、この世は仮の住処……と何度も繰り返しながら、けれど遊女の舟遊びは、その小道具の舟はともかく、華やかに美しく描き出される。普賢菩薩……というのは、ある偉い上人が「生身の普賢菩薩に会ってみたい」と観音様にお願いしたら、夢のお告げに「だったら江口遊女がそうだから会いに行ってみろ」と言われ、会いに行ったらやっぱり普賢菩薩だったという……これが『江口』の幕間狂言で語られて、谷崎の『蘆刈』の文章もこれが典拠かと思われる。

市振の場面で遊女の哀れさや罪深さがことさら強調されるのは、彼女たちの目的である伊勢神宮参拝が、単なる観光ではなく深い信仰心に基づいた宗教的行為であると印象付けるためだとも言えなくはない。こうして、主人公芭蕉同様、二人の遊女もぴったりと中世的世界の枠に収まることになる。

芭蕉の中世的世界を旅するのは、『おくのほそ道』の前半部では勧進聖であったり遊行聖であったり、また放浪する芸能者であったわけだが、それらは言うまでもなく男である。けれども、かつて日本の「宗教者と芸能者はすべて放浪の生活をおくった」（『異端の放浪者たち』）ので、これはなにも男の専売特許というわけではない。それが女性だと、時代が移るとともに、男達のアビューズにより……と言っていいのかは分からないけれども、望むと望まざるとにかかわらず、いつしか遊女化していった、あるいは、していかざるを得なかった、という事情がある。遊女の持つ芸能者としての側面、あるいは逆に、女性芸能者の遊女としての側面、そういう言わば避けられない二面性は、遊女と芸能者の境界が歴史の中で常に曖昧にされてきたことによるわけで、その意味でも、修行を終え山を下りた俗聖芭蕉が海辺の道で、放浪する遊女……と言うか、まあ、この場合は旅する遊女だけれども、これと出会い言葉を交わすという設定は、物語的に重要な意味を持つと思われる。

市振のまだ先になるが、芭蕉一行が山中温泉に泊まる場面があって、その山中で……と言っても、これは『おくのほそ道』の物語では語られていないことだけれども、『山中三吟』（「卯辰集（下）」）と呼ばれる連句を作った。そこに曾良の詠んだ句で、

遊女四五人田舎わたらい

というのがあり、これに芭蕉が、

落書きに恋しき君が名もありて

と付けた。この曾良の句からスタートして、柳田国男が「遊行女婦《ゆうこうじょふ》のこと」（『木綿以前の事』）という文章を書いている。

「遊行女婦」とは『万葉集』の昔からある言葉で、単純に遊女と言っていいものかどうか分からないが、辞書などでは、遊女の中でも、定住しない、各地を巡り歩く、歌舞音曲で宴席をにぎわせる、などの特徴を持ったものとしている。曾良の句の「田舎わたらい」というのは、遊女が地方のあちらこちらを廻りながら仕事をして金を稼ぐことで、ちょっと軽蔑的ニュアンスのある言い方と思われる。曾良が句に詠んでいるわけだから、この時代に田舎の辻などでそういう姿を見かけることがあったということで、芭蕉もそういう風俗をよく知っていて次の句を付けた。芭蕉の句の方は、柳田によれば、「遊女が折々来て休むような家の壁に、いつのまにか評判の女の名が書いてあって、そのわきには命をやりたいなどという言葉が、添えてあったかもしれぬ」……というようなことらしい。連句の織り上げる世界だから、『おくのほそ道』の物語とはトーンもスタイルも違う。『おくのほそ道』に遊女を登場させるならばやはり、伊勢参宮のような理由が必要だったのかもしれない。

「田舎わたらい」はほんの一例で、「遊行女婦」には様々な種類があるわけだけれども、いまここで注目したいのはやはりその「二面性」。柳田は次のように書いている。

（……）かつてこの国土に弥漫した遊行女婦の名は多い。（……）一旦名前が消えればその結末を問うこともできぬが、しかも彼らでなければ運べなかった歌や物語が、永い記念となって全国の隅々に遺っている。我々の民間文芸を成長させ、割拠をことどした土地経営者の、自然と社会とに対する情操を統一してくれた功績は、大部分をこのかよわい漂泊者に認めなければならぬのである。

男たちの運んだ歌や物語があるように、女たちが運んだ歌や物語があり、そして女たちは否応なく遊女でなければならなかった。それが、私たちがこれまで読み進めてきたこの物語に、いまここで遊女たちが登場するべき理由なのである。

こうして見てくると、象潟に神功皇后の墓が一見唐突な感じで登場しているのも腑に落ちる気がする。これはすでに見たように、かつてひとりの歩き巫女がこの地まで来て、勧進供養をし、成就の後に鎮魂の墓が作られた……彼女の舞う舞は神楽のような宗教的なものではあったろうが、彼女は「遊行女婦」あるいは「ウカレメ」であり、巫女にもまた「二面性」が求められた（『遊行と巡礼』）。かつての歩き巫女はいま遊女の一人としてここ象潟のくだりに登場しているのである。

熊野比丘尼も「遊行女婦」だが、芭蕉の物語にはその放浪の跡を残していない。

井原西鶴の『好色一代男』（一六八二年刊）に、酒田の港で魚売りをしている世之介が、歌を歌いながらやって来る勧進比丘尼と出会う場面がある。世之介によれば、もとはこんな事をする身ではなかったのが今は遊女同然に相手も定めず……ということらしい。世之介は寺の門前から眺めているのだけれども、その描写が、

この浦のけしき、桜は浪にうつり、「誠に、花の上漕ぐ蜑《あま》の釣舟と詠みしはこの所ぞ」と、御寺《みてら》の門前より詠むれば……

酒田の港ということになっているけれども、描写は象潟の描写で、この御寺は他ならぬ干満珠寺である。こういう混同が生じるにはしかるべき理由があるのだろうから、興味深いと言えば興味深いことではあるが、それはともかく、干満珠寺の門前に人々のこういう風景があっても不思議ではない。むしろそれが近世江戸のリアルということなのだろう。

ただ、リアル過ぎて芭蕉的中世の枠組みには入らない。

11
萩と月

芭蕉が杜国と出会ったのは一六八四年の冬、名古屋でのことだった。彼はすぐこの才能ある青年に惹かれた。翌年再び杜国を訪ねた芭蕉が、別れるに際し杜国に贈った句が、

白げしにはねもぐ蝶の形見かな

あなたは美しく咲くあの白げしの花。花のまわりを飛ぶあの白い蝶が私だ。花びらのようにこぼれたのは、蝶の羽。別れるつらさに自らの羽をもぎ、あなたのもとに残していく、この私の白い羽……愛の歌である。米穀商だった杜国は、しかし、その年八月、空米売買の罪（当時はご法度とされていた）に問われ尾張領からの追放を言い渡されてしまう。三河国保美《ほび》に隠棲していると聞いた芭蕉が杜国のもとを訪れるのが一六八七年。二人は翌年

伊勢で落ち合い、そこから長い旅に出る。杜国は自らを稚児のように万菊丸と名乗り芭蕉を喜ばせた。芭蕉は万菊、万菊、と彼を呼んだ。

一六九〇年、芭蕉は伊賀上野から手紙を書いた――便りがないので心配しています。事故にあったのではないか、病気で倒れたのではないかと……いま伊賀に来ています。あなたも来られませんか。待っています……しかし返事が書かれることはなく、この二か月後に、杜国はそのあまりにも短い生涯を終えた。

芭蕉は『笈の小文』で杜国との物語を語ろうと試みたが、結果は惨憺たるものに終わっていた。形式は定まらず、構成は破綻し、平家の公達が海へ逃れた後に多くの問題がそのまま海辺に積み残されていた。杜国もまたあの寂しき須磨の浜辺に置き去りにされたままだった。『おくのほそ道』は、『笈の小文』では解けなかった問題を一つひとつ丁寧に見事に解きほぐしてきた。そしていま放棄された杜国の物語をもう一度語り直そうとする。

杜国は『おくのほそ道』の登場人物ではなかったが、『おくのほそ道』は虚構の物語だし、曾良も芭蕉も虚構の登場人物である。曾良の印象は現実の曾良よりも遥かに若い。芭蕉と曾良が行脚という一つのストーリーを双子のように共有している限りは二人の間にとりわけストーリーが生まれることはなかった。ここに別離というプロットが導入されて新たな曾良の物語が動き出す。

別離の場面は山中温泉のくだりにあって、その時芭蕉は、

今日よりや書付消さん笠の露

という句を詠んでいる。旅の笠に「同行二人」と書いてある、その文字を消さなければいけない、もう二人ではなくなるのだから……露は涙の隠喩でもある。露に涙を見立てただけ、「同行二人」の文字を消すというのも洒落でやっているだけ、いや、言っているだけ……そう考えることはできなくはない。しかし、この笠に書かれた「同行二人」というのは『笈の小文』から引き継いだモチーフである。杜国との旅立ちに際し、芭蕉は笠のうちに「乾坤無住同行二人」と落書きしていた。確かに「門出のたはぶれ事」とは言っているけれども、それならば杜国が万菊丸と名乗るのも戯れ事である。芭蕉と杜国の恋も戯れ事である。

芭蕉が生きた俳諧の世界……と言うか、社会と言うか、をイメージしようとすると、

真っ先にホモソーシャルという言葉が浮かんで来る。そういう男ばかりの社会で、女性は明らかに排除されているからミソジニーというものは当然あるのだろうけれど、ホモフォビアはあるのかというと首をかしげてしまう。ホモソーシャルとホモセクシャルの境界がきわめて曖昧な印象さえある。まあ、これも、そういうホモソーシャルがあるとしての話だが（「ホモソーシャル概念の多義性を使い尽くす」）。

宗祇の『筑紫道記《つくしみちのき》』に次のような一節があって、

同行の内、宗作と言へる、少し過ち（怪我のこと）してとどまりぬ。悲しび言わんかたなし。今日はしかも晦日にて、秋の限り取り添えて、いとどしき袖の雫、よそふかたぞなきや。

思いやれ馴れこし道に君をおきて行く空もなき秋の別れを

返し、

君にのみ心は添ひて行く跡に誰がため残る涙なるらん

これなどは芭蕉の「別離」にインスピレーションを与えたものの一つではと想像されるが、宗祇と門人の宗作との関係はどういうものなのか、男の友情で括っていいのか、それとはまた別のものなのか、それともただの言葉遊びなのか……一人が怪我をして旅が続けられないと言っているのに言葉遊びなのか……曾良と芭蕉の関係は男の友情で括ってもいいのか、それとはまた別のものなのか……曾良と芭蕉の関係が実際どういうものなのかはともかく、曾良のリアルが……それもイメージに過ぎないけれども、邪魔をするなら、この際曾良にも万菊丸と名前を変えてもらえばいいかもしれない。

それで、この別れの時に曾良が詠んだ句は、

行き行きて倒れ伏すとも萩の原

「行き行きて倒れ伏す」というのが飯塚のくだりの「捨身無常の観念」を思い出させるけれども、「捨身無常」はその後の「萩の原」に似合わない。「萩の原」とはもちろん萩の花に埋め尽くされた野原ということだろう。色気があり過ぎるように思う。病気になって一人で旅をするのだから途中で倒れる心配はあるだろうが、そもそも曾良は「捨身無常」を

観念するようなキャラクターではない。ここでやり取りされる曾良と芭蕉の二つの句は、先ほどの宗祇と宗作のやり取りのような贈答歌だろうから、むしろ、芭蕉と曾良にとって萩の花の意味をめぐる共通認識みたいなものがあって、そのベースの上で曾良はこの句を贈っているのではないか……そう思って萩のモチーフを物語の中に辿って行くと、市振のくだりにそれがある。

一つ家に遊女も寝たり萩と月

注釈などでは、この萩と月を遊女と芭蕉のように解釈したりしているけれども、萩と月のどちらを遊女に見立てるとしても、一つの句の中に遊女が二度も出て来るというのはどうなのか。むしろ、「一つ家に遊女も寝たり」で遊女の話は終わっている。隣の部屋に遊女が寝ていて、こちらの部屋には芭蕉と曾良が寝ている。遊女と、そして萩と月という三者が一つ家に寝ている……一つ屋根の下に遊女が寝ていてなんとなく心が乱れるというのは、抑圧したヘテロセクシャルな欲望を無意識に投影しているだけで、ホモフォビアによるミスリードだろう。芭蕉はそういう意味では遊女に興味がない。『笈の小文』で、杜国

に会いに行くのに越人を誘って吉田というところに泊まる、その時の句に、

寒けれど二人寝る夜ぞ頼もしき

というのがある。杜国に会いに行こうとしているのだから、越人とどうこうというのではないだろうけれども、これを評して、男二人で寝て「色っぽくない」というのはヘテロセクシャル的思い込みである。

「……萩と月」については、曾良に言ったら書き留めたと書いてあるので曾良も知っている。萩と月のどちらがどちらかということについては、別離の時に、旅に倒れ伏すとも萩の懐の中ならば私は大丈夫、と曾良が詠んでいるわけだから、萩が芭蕉ということになる。曾良は、そう言えば芭蕉が喜ぶと考えてそう言った。芭蕉を喜ばせようと旅立ち当日に髪を剃ったという曾良のキャラクターにもぴったりと合う。萩が芭蕉なら、月が曾良である。

こうして、別離のシークエンスは遊女のシークエンスが終わると同時に始まっていることになるが、この新しいシークエンスでは芭蕉が急に若返ったかのように溌溂としている。

歌枕の「担籠《たご》の藤波」は藤の咲いてないこの季節だって趣はあるだろうから、ちょっと行ってみようじゃないかというあたりは、須磨の浦は秋が旬だから夏はどうも……とか言っていた『笈の小文』の頃と比べると大違いだし、大変そうだからやっぱり行かないというのにも屈託は感じられない。この場面は笠島の時と構図は似ていて、例えば道標が立っているイメージだと、右笠島、左岩沼の宿とか書いてある、今の場合だと右有磯海、左加賀国……それで笠島の時同様左の道を進むのだけれども、その「分け入る」力強さ、歌枕を放棄するポジティブさ、は笠島とはずいぶん違う。

溌溂としたエネルギーがもっとも感じられるのは句を特徴づける感覚的広がり。

早稲の香や分け入る右は有磯海

『おくのほそ道』で嗅覚を詠み込んだ句はこれが初めて。早稲の広がりに分け入るというダイナミック感がむせ返るような香りさえ想像させる（ちなみに、羽黒山で詠んだ句に「雪をかをらす」という表現があるが、これは「薫風」をレトリック的に展開しただけの比喩的なもの）。さらに、このすぐ先に、

秋涼し手ごとにむけや瓜茄子

という句があって、ここでは指先の感触を詠い、さらには次に来る味覚的歓びも想像させる。

身体的感覚の解放は生の歓びの解放なのか。一切のこだわりを捨てた芭蕉は「捨身無常の観念」さえ捨て去ったのか。あるいは、「捨身無常」の覚悟とは、その最終フェーズにおいては、生そのものをあるがままに受け入れることなのか……どうかは分からないけれども、『おくのほそ道』の前半部と後半部で、物語の方向性のようなものが微妙に異なっているとは言えるだろう。福井の「古き隠士」を訪ねたら妻がいたという、後半部はそういう「昔物語」的風情も易々と組み入れてしまうのである。

「秋の風」もまた身体的感覚を刺激するものではあるが、こちらはむしろその反復によって、言わば構成的レベルで、別離のシークエンスに重要な役割を果たしている。

秋の風を詠み込んだ句は、

塚も動けわが泣く声は秋の風　（金沢）
あかあかと日はつれなくも秋の風　（金沢）
石山の石より白し秋の風　（那谷）

「塚も動け……」から「石山の……」までには、他に三つの句が詠まれているが、六つの句のうちの半数に「秋の風」が季語として使われている。季語の選択が単調過ぎるように思われるが、逆にこの意図的な「不器用さ」が、秋の風を「反復されるモチーフ」として提示することになる。芭蕉と曾良の二つの句が萩をめぐるミクロな象徴系を作り上げたように、秋の風の繰り返しがそこに象徴的意味の広がりを準備する。準備するというのは、つまり、この段階では象徴的意味はまだ充填されていなくて、次に曾良が秋風を句に詠み込んだ、その時点で秋風の象徴系が生成を開始し用意された空白を一瞬にして充たすということ。繰り返し現れたサインはここを指し示していたのか、という……

芭蕉は全昌寺という禅寺に泊まり、修行僧の寮で一夜を明かすのだが、この寺は別離の後、一足先に発った曾良が前の夜に泊まった所だった。一晩中秋の風が激しく吹いて裏の山を揺らし、曾良の眠りを妨げた。そのことを詠んだ句を曾良は言伝のように寺に残した。

よもすがら秋風聞くや裏の山

曾良の眠りを覚ましたのは風の音だったのか、いまは離れて旅をする芭蕉への思いだったのか……その同じ秋風を一夜を隔てて芭蕉もまた聞いた。嵐を思わせるその秋風は、「よもすがら……」の句と同様、芭蕉のもとに届けられた曾良からの伝言なのだ。芭蕉もまた遥か遠くを行く友を思う。一夜の隔て、千里に同じ、と……

秋風のモチーフはまだこれでは終わらなくて、そのピークは「汐越の松」のくだりにある。六、七行の短いセクションで一見単純そうでいて、様々な技巧が施されている。先ずはここに西行作と紹介されている歌、

よもすがら　嵐に波を　運ばせて
月を垂れたる　汐越の松

これは西行の歌ではなくて、西行作は根拠の薄い言い伝え。それは芭蕉も知っているのでは、と疑いたくなるが、ここは西行作と言わなければ収まらない事情がある。「この一首で汐越の風景は完璧に言い尽くされていて、なにか付け加えようとする者は馬鹿だ」と主張するためには西行ほどの権威がどうしても必要だった。けれども、この歌はそもそも風景を詠った歌ではなくて恋の歌だろう……と言うか、和歌だから、風景を詠み込むことで恋を詠った歌……少なくとも、芭蕉にとっては恋の歌である。この恋の歌を詠いたいばっかりに……別に芭蕉自身の歌ではないのだけれど、こういうミニマリストな物語構成にした。

汐越の松というくらいだから、末の松山とは逆に、風の強い時は波が易々と松を越えて松は乾く間もない。波の雫が涙のように落ち、その涙の一粒一粒が月の姿を映す。月は恋人、流す涙は恋の涙……芭蕉の詠った萩と月の、萩は曾良の句が受け、月はいま西行の歌が受けた。萩が芭蕉で、月が曾良……嵐は激しさを増した秋の風。よもすがら吹く風は、裏の山を揺らす代わりに波を岸辺に打ち付ける。歌と句がともに「よもすがら」で始まっているのは偶然ではあり得ない。月の姿を映す雫は勿論芭蕉の涙である。

芭蕉は汐越の松を見ようと吉崎の入り江から舟を出した。最上川を下った時も、象潟に舟を浮かべた時も、舟にはいつも曾良がいた。その曾良が舟に乗っていない。そこに視覚化された曾良の「不在」が芭蕉に深い旅の孤独を感じさせる……実を言えば、この舟には北枝という男が乗っている。北枝は金沢から付いて来たので、山中温泉にもいたし、別離の時もいたし、全昌寺の僧寮にもいた。けれどもその存在が明らかにされるのは汐越の松を過ぎた次の丸岡天龍寺で芭蕉が北枝と別れる場面……これは「物語の沈黙」などと呼ばれる一種のテクニックで、有名なミステリー小説に、肝心なことは沈黙して語らず最後の最後で語り手が犯人だったというようなストーリーがあって、いやそれはちょっとずるいよ、みたいなことだけれども、『おくのほそ道』の場合もずるいと言えばずるい。まあ、ちょっと賑やかそうな北枝がちょろちょろしたのでは、恋の物語には大いに邪魔なのだろうけれども……

模様の中に隠された秘密の模様のように、モチーフを繋ぎ合わせてようやく見えてくる物語、それが芭蕉の語る恋の物語である。隠す理由があるのか、隠すことを楽しんでいるのか……は、ともかくとして、隠れた模様は他にもありそうだ。例えば、「童子」という模様。

有馬温泉に次ぐ効能という山中温泉、その山中温泉で芭蕉の詠んだ句が、

山中や菊はたをらぬ湯の匂い

この「菊はたをらぬ」がどこから来たかというと、中国の菊慈童の話。菊の葉に魔法の呪文を書き付けたら菊から滴る雫が馥郁と香る不老長寿の酒に変わり、それを飲んだ菊慈童は美しい少年の姿のまま八百年生きた……という、少なくともそこの部分はお目出度い長寿の話で、それを踏まえて、でも、山中の湯は効能あらたかだから菊を手折る必要はない、という……まあ、注釈などの説明はそこまで。けれども、これは能の演目にもなっている奥の深い話で、菊慈童は周の王様の寵愛する童子だったが、うっかり王の枕を跨いだという大罪により流刑の身となってしまう。どういう罪なのかよく分からないけれども、とにかく昔から決まっていた法律らしく、童子を深く愛する王様といえどもこれは曲げられない。本来死罪のところを流刑に減じるのがやっとだった。童子は王様から形見にも

らった枕を抱えて山奥に流されて来た。その形見の枕にお経の文句が書かれてあって、その言葉を菊の葉の上に書いたら、滴る雫が長寿延命の薬酒となった。

　この王の寵童というのは、日本で言えば稚児のこと。王様の枕を跨いでしまうような環境にいたわけだし、形見に枕をもらったりするくらいだから、二人の関係は明らかで、ちなみに観世流では『菊慈童』というタイトルだが、他流では『枕慈童』。『弁の草紙』という、これは日光修験系の稚児物語で、弁の君という山伏と愛する稚児との話だが、その二人の後朝《きぬぎぬ》の別れに、朝の床の上の枕ぞ形見……という場面があったりして、まあ、枕とはそういうもの。

　菊慈童の稚児的側面をいま無視していいのかどうかといえば、それは物語のコンテクストによるわけで、この山中温泉には他にも童子のモチーフと言えるものが存在する。

　温泉の宿の主人が「久米之助とて、いまだ小童なり」とあって童子である。当時十四歳だったらしい。これは物語では語られていない話だけれども、芭蕉はこの少年に桃夭という俳号を与えた。この桃夭は芭蕉の俳号桃青から一字とっている。芭蕉というのは深川の家に植えた植物の芭蕉が大きくなって、それでいつの間にかそこの住人を換喩的《メトニミック》に芭蕉と呼ぶようになったもので、本来の俳号は桃青。例えば、芭蕉が杜国と伊勢であって長い旅をした、その時奈良の友人に書いた手紙には、杜国が万菊、芭蕉が桃青と署名をしている。それで、その桃の字に若いという意味の夭を付けた。その少年がよほど気に入ったのだろう。

童子のモチーフはもう一つ、貞室の話。貞室が「若輩の昔」に山中に来て久米之助の父親に俳諧のことで「辱められ」、それで発奮して貞徳のもとで修行をして有名な俳諧師となった……まあ、そういう発心もの的いい話に仕立てられてあるけれども、貞室が貞徳に弟子入りするのは十五歳だから、山中に来たのはその前、仮に十四歳の時だとすると、久米之助と同い年の少年ということになる。「若輩の昔」は比喩的表現ではなくて、俳諧の世界はホモソーシャルとホモセクシャルの境界が曖昧だから、貞徳と貞室の関係がどういうものかも分からないけれども、この山中という場では貞室は童子として登場している。

童子（稚児）としての菊慈童のモチーフが背景の模様に隠されているのだとすると、『笈の小文』の、ともに旅寝のあわれをも見、且は我為に童子となりて道のたよりにもならんと、自ら万菊丸と名をいう。まことにわらしべらしき名のさま……

という一節が当然のことながら思い出される。菊慈童の菊は万菊丸の菊でもある。よく理解できない「大罪」で追放されるのも二人に共通する運命である。

「且は我為に童子となりて道のたよりともならんと……」が、日光で曾良について語った「且は羇旅の難をいたはらんと……」とよく似ていて、ただ「童子となりて」が抜けている。曾良は頭を剃って坊主になった。その意味ではこの童子の場面は曾良を離れてダイレクトに杜国に繋がるとも言えるが、曾良との別離がこのすぐ後やはり山中温泉でのことなので、この同じ場の中で、これも換喩的《メトニミック》にと言っていいのか、曾良と杜国が一つに重なる。

中世の物語の世界では稚児と言えば山伏と縁が深くて、『義経記』などでも、義経に付いて行くと言う北の方をどうしよう、山伏の一行に女がいてはまずいから、そうだ、稚児ということにしましょうと……いやいや、女でも稚児でもどちらもまずいでしょうというのが現代の感覚だけれども、中世的には全然そうではなかった。それで、当時この加賀、越前という北国《ほっこく》では白山修験が勢力を張っていて、弁慶たちは熊野修験に化けたり羽黒修験に化けたりと状況で化け分けているが、熊野と羽黒は交流があったものの白山修験とは仲が良くなかった。まあ、仲がよかろうが悪かろうが、義経たちは偽の修験で鎌倉から追われている身……ところが義経が平泉寺《へいせんじ》に行ってみたいと言い出して仕方なしに皆で行くことになる。平泉寺は越前の白山修験の拠点。平泉寺では、判官の一行ではと疑われて山伏たちが押し寄せて来る。さらに、おっ、稚児がいるぞ、ということで、笛を吹いてみろ、などと注文されるのを弁慶の機転でなんとか切り抜ける……まあ、物語的には大変面白い。『義経記』の「北国落ち」では稚児がらみで面白く語られている白山修験なのだけれども、いまここで興味深いのは、『おくのほそ道』の北国の旅では白山信仰、白山修験への言及が一切ないこと。日光修験、羽黒修験が物語の中で大きく扱われていたことを思えばきわめて対照的である。

那谷《なた》寺のくだりは、「山中の温泉《いでゆ》に行くほど、白根が岳跡に見なして歩む」で始まるが、この「白根が岳」は白山のことで、これを霊峰とするのが白山信仰。現実の芭蕉の旅では、山中温泉で曾良と別れた後に曾良抜きで那谷寺に行ったらしいが、それを物語では逆に持って来て、那谷には曾良と一緒に行った上で、那谷、山中温泉、別離というシークエンスを白山の聳える麓で展開することにした。それが意図的になされたのであれば、これもまた隠された模様ということになる。

那谷では、花山法皇の三十三か所巡礼、様々な奇石群、岩にもたせ掛けるように建てられた小堂など、巡礼、遊行、石の信仰など前半の主要モチーフが再出している。一方で修験のテーマはきれいに消し去られた。白山信仰では、神様が白山妙理権現、本地仏が十一面観音だから那谷寺でもこれを祀っている。白山を開山した泰澄が岩窟に十一面観音を安置した、それが岩屋寺という寺で、後に花山法皇が那谷寺と改名した。白山信仰が花山法皇の巡礼成就に上書きされて消えてしまっている。白山信仰、白山修験は、隠された模様というよりも消された模様なのか。その消滅と言うか、不在と言うか、が鮮やか過ぎて逆に興味を引いてしまうのだけれども、その不在の理由は分からない。ということで、まあ、これは今後の課題として、ただ、「石山の石より白し……」に出て来る「白」が、仮に白山修験への密かな言及であるとすれば、那谷から福井まで聳え続ける白い峰（「やうやう白根が岳隠れて……」）が、同じく白山修験への密かな言及であるとすれば、隠されながらなお現れるこの白い模様には必ずや深い意味があるに違いない。

実盛の甲《かぶと》のくだりは杜国・曾良の物語と繋がるのだろうか……多太神社という所に行ったら実盛の甲が奉納されていて、それにまつわる物語「樋口の次郎が使ひせしことども」が神社の縁起の中に語られていたというエピソード……もとは『平家物語』の巻第七の「実盛最後の事」にある話で、能の演目にもなっている。

実盛はもと源氏で、幼かった木曾義仲の命を助けたこともあるが、最後は平家側の武将としてここ加賀国篠原の合戦で義仲軍と戦い討ち死にする。歳は七十を超えていたが、人生最後の戦と覚悟した彼は白くなった髪を黒く染め勇猛果敢な武将の姿で出陣していた。討ち取られた首を見た義仲が、これは実盛のようだが、子供の時に見た実盛は既に白髪まじりだったからこんなに若いはずがない、「年来《としごろ》馴れ遊んで」いて実盛をよく知っている樋口次郎ならなにか分かるだろう、呼んでこい、と言う。一目見た樋口次郎は「あな無惨、齋藤別當（実盛のこと）にて候ひけり」と涙を流し、戦に出る時は髪を染め若々しい姿で出陣したいと言っていたけれども本当に染めたのですね、と言う。で、この首を傍の池で洗ったら（池で洗うのは能の『実盛』のバージョン）白髪になった。

『おくのほそ道』では、物語のソースは『平家物語』でも能の『実盛』でもなく、神社の縁起物語ということになっていて、話の作り的には前半部飯塚の古寺にあった石碑の物語とよく似ている。ただ、「飯塚の里」では、佐藤兄弟の妻たちが夫の鎧を着て夫を装う、つまりジェンダーをトランスするわけだけれども、実盛の方は、化粧をすることで若き武者の姿になる、つまりシスジェンダーの枠内でさらに一層のテストステロン的男性性を粧うわけで、方向性が逆。もっとも、いま問題の首実検の場面では、実盛の首だけがあって、首を切るという行為は、男同士の戦いにおいて勝った者が負けた者を象徴的に去勢するみたいなことなので、そうなると男性性を奪われた実盛の化粧は、やっぱりジェンダーをトランスすることになっているのかもしれない。「年来馴れ遊んで」いた実盛と樋口次郎の関係とはどういうものなのかはっきりしないが、ともかく樋口次郎には一目で実盛と分かって、あな無惨と言った。実盛が首を切られてそこにその首があることが無惨なのか、その首が化粧をしていることが無惨なのか……

芭蕉の見ている甲は、首を切られた時に実盛が被っていたものだから換喩的《メトニミック》に実盛の首に他ならず、芭蕉は樋口次郎と同じ目線で「むざんやな」と詠んだ。

むざんやな甲の下のきりぎりす

芭蕉にとっては、実盛の切られた首が無惨なのか、化粧をした首が無惨なのか。あるいはむしろ、芭蕉は、実盛の首を目のあたりにした旧き友の悲しみ、「年来馴れ遊んで」いた親しき友の悲しみを思ったのかもしれない。「樋口の次郎が使ひせしことども」と言っているくらいだから、芭蕉にとって樋口次郎はこの物語の主人公であるわけだし、なによりも、樋口次郎の悲痛な叫びを句の初めに詠み込んでいるのである。

男たちのテストステロン的闘争から、男の友情、そして友を失った悲しみへ、というテーマ・シフトを決定づけるのは、句の終わりに詠み込まれたきりぎりす。きりぎりすは今のコオロギのこと。甲の下でコロコロと鳴く声がする……

秋の虫の鳴く声に亡き友を偲ぶ、という話はやはり能にあって、勿論『実盛』のような修羅物ではなく、『松虫』という、能の分類では「執心男物」と言うらしい。男と女の執心ではないからそういう分類になるのだろうが、『松虫』に登場するのは深い友情で結ばれた男たちで、「執心男物」ではなにかピンとこない。上田秋成的な衆道関係とも違う。ホモフォーブにはなかなかイメージしにくいかもしれないが、むしろ、ドラマ『きのう何食べた?』的ゲイ・カップルの方がずっと近い。能だから、まあ、それも結局は幽霊なのだけれど……それで、松虫は今の鈴虫のこと。『松虫』は、そういう、今だとゲイ・カップルと呼ばれるような男友達の話で、

朝《あした》に落花を踏んで相伴って出づ
夕べには飛鳥に随って一時《いちじ》に帰る

というくらいに二人は仲が良かった。今だと、朝出勤するのに一緒に家を出て、夕方駅で待ち合わせて夕飯の買い物をして帰る、みたいな、そういうほのぼの系……ある秋の夜、阿倍野の松原を二人で散歩する途中、松虫がどこかで鳴いているのを、どこで鳴いているのかしらと一人が聞きに行ったまままいつまでも戻って来ない。もう一人が探しに行くと草

むらで倒れて亡くなっていた。死ぬ時も二人は一緒と思っていたのに、と泣き悲しんでも友はもう帰らない。一人残された男は、こうして酒を飲みながら松虫の声に友を偲んでいるのだと、阿倍野の市《いち》の酒売りに物語る。「奥山の深谷《みたに》の下の菊の水、汲めども汲めどもよも尽きじ」と、当然ながら『菊慈童』への言及もある。この物語する男も、友の死を前にして松原の池に身を投げたので、実は亡霊で、あの世で友と一緒になれないのはまだ成仏できていないからか、あの世でまた一緒にとか思っているので成仏できないのか……

秋の野で鳴いているのは勿論松虫だけではなく、数え歌風に数えられる虫の音は「きりはたちょう（今のきりぎりすの声）」「つづり刺せ（コオロギの声らしい）」「りんりんりんりん（これが松虫つまり鈴虫）」といろいろある中で、松虫がここで取り上げられるのは、ベースになる歌があって（『古今和歌集』巻第四秋歌上の読人知らずの歌）、

秋の野に　人まつ虫の　声すなり
　我かとゆきて　いざとぶらはん

人を待つ虫、我を松虫というふうに、待つと松が掛け言葉になるから。「人を待つその

声は私を待っているのか」と訪ねてみることにしよう、という……注釈などでは、男を待つ女性を松虫に喩えたとあるが、待っているのはなにも女性とは限らない。「とぶらふ」は「訪ふ」だけれども、能の『松虫』では「弔ふ」にも通じている。

芭蕉が能の『松虫』を下敷きにしていると言いたいわけではなくて、樋口の次郎が友の首を突き付けられて「あな無惨」と泣くならば、それに続いて詠われるきりぎりすの鳴く音は、やはり失われた友を偲ぶ残された友、友をとぶらう友の姿を描き出すのではないかということ。『古今和歌集』の「仮名序」にも「松虫の音に友をしのび」などと出ているのだから、きりぎりす（こおろぎ）の音に亡き友を思うという展開があっても別段不思議ではない。むしろその方がよほどオリジナリティがある。仮に『松虫』を下敷きにしていても、松虫と詠んだのでは、五文字に足りないし、これだけゲイ・モチーフを隠し模様に織り込んでいる『おくのほそ道』としてはあまりに事が露になる。それで、下敷きにしたしない云々の話ではなくて、「むざんやな」と詠むことで、友を亡くした樋口次郎に深い共感を示した芭蕉は、当然自らの失われた友を思い涙するのだろうということ。物語のこの段階では曾良との別離はまだだから、ここは曾良を超えて杜国を直接思っていることになる。杜国が亡くなるのは『おくのほそ道』の旅の翌年だが、作品創作時には既にこの世を去っている。「むざんやな」の句がいつ詠まれたかが問題なのでもなく、物語創作の時点においてどのような意味がこの句に充填されたのかということが重要なのであるが、それはともかく、仮にきりぎりすの声に「弔う」意味が込められているのだとすれば、それは平泉高館における遊行聖による遠い昔の兵どもへの鎮魂の祈りではなく、失われた友を偲ぶ一人の友人（樋口次郎・芭蕉）の深い悲しみなのである。

汐越の松の感情的クライマックスを経て、曾良の不在にもようやく慣れたのかとでもいうように、主人公芭蕉は新たなページをめくりいつもの日常へ戻る。日常と言っても行脚の旅なのだけれども、その旅を淡々と続ける……まあ、そんな印象もなくはない。次の天竜寺では金沢から一緒にいた北枝が初めて登場して、芭蕉はもはや一人ぼっちではないし、北枝と入れ替わりに、次の福井では「昔物語」の風情の中で新たなキャラクター等栽が登場して芭蕉の旅の伴となる……のだけれども、それに続く敦賀の港では十五夜が、つまりは月がまたエピソードの中心を占めることになる。

エピソードの中心は、正確には十五夜の前日、そこで語られるのは遊行二世他阿上人の作善の話。仏頂和尚を自己モデルの一人とする芭蕉にとって、「一筋に修行、もっとも又成就の後は、人の為にもまかり成り」という仏頂の思想は自分自身のテーマでもあり、遊行上人の作善活動には当然興味を持っただろう。白根が岳（白山）が隠れた後に遊行二世真教が登場するのは中世の政治地理と言うのか、宗教地理と言うのか、を反映していて、当時真教の時宗と白山修験は北国《ほっこく》において覇を競っていた。

けれども、いまここで興味を引くのは、十五夜とその前日の関係。前の日は晴れて月が美しく、十五夜の月が期待されたが、翌日は「越路の習い」で天気が悪く、月に会うことはできなかった……実はこの「越路の習い」は七夕関連で一度出てきたパターン。市振の関に着いたけれど体調が悪くて何も書かず、従って物語はない、というくだり。ただ句が二つ並べられていた。

文月や六日も常の夜には似ず
荒海や佐渡に横たふ天の河

「荒海や……」の句には詞書の付いたバージョンがいくつもあり、それをベースにして議論されることが多いようだけれども、『おくのほそ道』では、詞書どころか、物語の中にも一切のコメントがなくて、いきなり句が並んでいるばかりだから、これは詞書付きのものとはまた別のバージョンとして、と言うか、むしろまったく別の作品として読むべきものだろう。コメントなしに二つ並んでいれば、二つ並んでいることがコンテクストとなって意味を生み出す。

七夕前日の空は晴れて織姫と彦星もきれいに見えた。まだ七夕ではないにしても、やはり特別な夜のように思える。生憎二人はまだ会えないのだけれど、明日はきっと……と思っていたら、当日は案の定天気が悪くやはり二人は会えない。「荒海や」と言っているのだからこれは荒れた天気なのだろう。荒れた海のせいで会えないのは天上の者たちだけでは勿論なくて地上にもいる。佐渡には数多くの労働者が連れてこられ、それと共に多く熊野比丘尼もやって来たはずで、その逢瀬を阻むのがこの荒れた日本海の海。天の川はもともと牽牛と織女の間を引き裂くいじわるな川である。ちなみに、越後路のくだりは「恋（遊女）」のシークエンスの中にある。その「越路の習い」のパターンがもう一度十五夜に繰り返される。前の夜に月がきれいに見えたところで詮のないこと、十五夜に晴れなければ月（恋人）との逢瀬は邪魔されたことになる。邪魔されるのは男女の逢瀬とは限らない。逢瀬が邪魔される度に、愛する者の死が繰り返される。不在は死の別名に他ならないから……

大垣は旅のゴールで、ゴールのテープが張ってあるだけだから、種《いろ》の浜が旅物語の言わば最後の段になる。

十五夜の翌朝は晴れて、芭蕉たちは「ますほの小貝拾わん」と種の浜に舟を走らせる。贅沢に華やかに酒肴をしたためて、寂しき夕暮れに「花鳥遊楽」的な酒宴を催す。フィナーレを飾る華麗な宴……と言っていいのか、『おくのほそ道』的にはあまりに異彩を放っている。乞食巡礼芭蕉までが酔うてひと舞舞いそうである。

種の浜の段には確かに能の舞台を思わせるものがあって、海上七里もあるところを、下手から上手に動いただけで「追い風時の間に吹き着」いてしまったり、朝に出発して、ちょっとよそ見をしていたらあたりは夕暮れの寂しさに包まれている。「茶を飲み酒を暖めて」という宴の描写のシンプルさは『江口』の舟遊びや、『松虫』の花鳥遊楽の瓊筵《けいえん》のミニマリストな表現を思い出させる。「酒を暖めて」が白楽天を下敷きにしているのなら、そういう下敷きは『松虫』にも沢山あって、

秋の風　暖め酒の身を知れば　薬ときくの花の下に……

という、酒と薬と菊は『菊慈童』からの決まり事。もっとも、種の浜では、花は菊ではなく散りかけた萩の花……芭蕉は、敦賀の港でも宿の主に勧められて酒を飲んでいた。修行の間はさすがに飲まなかったのだろうが、山を下りてからは飲んでもいいのか。種の浜が『松虫』的酒宴の雰囲気を帯びているとすれば、それは酒宴がここでも亡くした友を「とぶらう」ものだからだ。

西行の歌――

汐染むる　ますほの小貝　拾ふとて
色の浜とは　いふにやあるらん

を下敷きにして、西行にまねびて我もますほの小貝拾わん、というのは勿論口実で、貝を拾う行為は杜国を偲ぶ身体的まねびである。

保美に隠棲している杜国に会いに行った冬、芭蕉は保美から一里先の伊良古崎まで足を延ばし、岬の浜で貝を拾った。その時は真っ白な貝だったが、ますほの小貝は淡い色で汐を染める。杜国と芭蕉は春が来たら伊勢で落ち合って旅をしようと約束する。伊良古崎は渥美半島の先端にあるのに『万葉集』ではなぜか伊勢の名所に選ばれている、と芭蕉は不思議がるが、伊勢の名所の一つならば、二人の旅は、あの岬の浜で貝を拾った時に始まったのかもしれない。

『笈の小文』は杜国との旅を須磨まで語って放棄された。杜国との物語をどう語っていいのか芭蕉にはもう分からなくなっていた。吉野の桜を前にして一句も詠めず、けれど歌枕の呪縛に囚われたまま、夏に須磨を訪うことの意味すら分からなくなっていた。須磨で見る夏の月はただ空っぽのようにしか思えなかった。あの時、芭蕉の傍には杜国がいたのに、月を見てもただ物足りないと思うばかりだった。盲目の琵琶法師のように、芭蕉は海に逃れる平家人の物語を語り始め、あの寂しい須磨の浜に杜国を置き去りにしてきたのだ。

寂しさや須磨に勝ちたる浜の秋

波の間や小貝に混じる萩の塵

杜国との旅のオメガとアルファがこの二つの句に詠み込まれている。須磨の月は秋に見なければ意味がない、寂しさを句に詠み込むなら秋の須磨でなければならない……かつて芭蕉はそう考えていたが、その愚かさを今は知っている。種の浜が須磨の浜より寂しいのは、そこに杜国がいないからなのだ。倒れる者を萩の原のように受け止めるどころか、芭蕉はただ波の間を揺れながら小貝に纏い付く塵に過ぎなかった。

芭蕉はその日のあらましを等栽に書かせて寺に残した。寺に奉納することが弔いを完成させるからだ。寺は杜国の墓であり、芭蕉の恋情の墓であり、虚構の登場人物曾良の墓でもある。

『おくのほそ道』の物語はこうして終わる。残されたのは現実の旅のゴールテープを切ること。

大垣では、「親しき人々日夜訪ひ」て、芭蕉を見ては「蘇生の者に会ふがごとく」に喜ぶ。露通がいる。越人がいる。曾良も伊勢からやって来た。蘇生したのは芭蕉ばかりではなく、いつものホモソーシャルな俳諧師たちの世界もまたここに蘇ったのだろう。シェークスピアの『テンペスト』の幕切れで舞台の虚構が跡形もなく崩れ去るように、芭蕉の虚構の物語は既に消え去っている。伊勢からやって来た曾良は現実の曾良に違いない。もっとも、最後は伊勢を目指して「蛤のふたみに別れ行く……」と、なにか人形浄瑠璃の段を思わせて終わるので、次の段ではまたなにが待っているか分からない。

参考文献

『芭蕉自筆 奥の細道』上野洋三 校注・櫻井武次郎 校注　岩波文庫　二〇一七年
『江戸の紀行文　泰平の世の旅人たち』板坂耀子　中公新書　二〇一一年
『石の宗教』五来重　講談社学術文庫　二〇〇七年
『高野聖』五来重　角川ソフィア文庫　二〇一一年
『異端の放浪者たち（宗教民俗集成３）』五来重　角川書店　一九九五年
『芭蕉　二つの顔』田中善信　講談社選書メチエ　一九九八年
『遊行と巡礼』五来重　角川選書　一九八九年
『山の宗教　修験道案内』五来重　角川ソフィア文庫　二〇〇八年
『もう一つの「細道」』（『日本文学研究大成　芭蕉』）白石悌三　国書刊行会　二〇〇四年
『本田安次著作集　日本の傳統藝能　第十巻　風流Ｉ』本田安次　錦正社　一九九六年
『日本の伝統芸能』本田安次　錦正社　一九九〇年
『奥浄瑠璃の研究』成田守　桜楓社　一九八五年

『奥浄瑠璃集成（一）』（伝承文学資料集成　第十輯）福田晃ほか　三弥井書店　二〇〇〇年
「初期出版界と古浄瑠璃」（『言語文化50』）柏崎順子　一橋大学リポジトリ　二〇一三年
「宗祇――時宗（時衆）との間――」（『日本文学』33巻4号）藤原正義　日本文学協会
一九八四年
「東北文学の研究」（『中央公論』第四十一年十月號・十一月號）柳田国男　中央公論社
一九二六年
『奥浄瑠璃集　翻刻と解題〈復刊〉』阪口弘之編　和泉書院　二〇二三年
『幸若舞2　景清・高館他』（東洋文庫417）荒木繁［ほか］編　平凡社　一九八三年
「卯辰集（下）」（新日本古典文学大系『元禄俳諧集』櫻井武次郎［ほか］校注　岩波書店
一九九四年
『木綿以前の事』柳田国男　岩波文庫　一九七九年
「ホモソーシャル概念の多義性を使い尽くす」（『社会学評論』73巻1号）森山至貴
日本社会学会　二〇二二年

著者プロフィール

酒井 みき（さかい みき）

フランス文学者。専門領域は、物語分析、物語と視覚芸術など。

トランスジェンダーであることを公表した後、「酒井みき」の名で活動。

18世紀フランスの喜劇作家マリヴォーの日本語現代語訳をネット上で公開している（https://mikispace.amebaownd.com）。

現在、次の本『マルセル・プルーストのクィアな世界』（仮題）を準備中。

『おくのほそ道』の物語を読む

2025年2月15日　初版第1刷発行

著　者　酒井 みき
発行者　瓜谷 綱延
発行所　株式会社文芸社
〒160-0022　東京都新宿区新宿1－10－1
電話　03-5369-3060（代表）
03-5369-2299（販売）

印刷所　株式会社フクイン

ISBN978-4-286-26243-7